W0281911

3. August 1900. Herr Magnus von Brühlen, 32 Jahre alt, fühlt deutlich, er muß ein Buch schreiben. Voll Schaffenswillen legt er sich edles Papier zurecht und zieht die Vorhänge vor seinem Fenster zu; die Welt außerhalb seines Zimmers soll ihn fortan nicht mehr interessieren. Als er noch einmal das Haus verläßt, um eine goldene Feder zu kaufen, kann sich der junge Schriftsteller doch nicht den Verpflichtungen der Welt entziehen. Der weitgereiste Baron Daahlen-Liesewitz lädt ihn in sein Landhaus ein. Dort aber verliebt er sich unvermittelt in Claudia, die bezaubernde Frau des Barons. Auch bei ihr glaubt er sogleich, ähnliche Gefühle zu bemerken. Magnus jedoch tut sich selbst bei einem stimmungsvollen Spaziergang in einer lauen Sommernacht schwer im Gespräch mit Claudia. Er vertraut seine Leidenschaft lieber seinem Tagebuch als der Geliebten an. Bald lernt er auch noch das einfache Ladenmädchen Toni kennen, deren Liebe Magnus allerdings nicht ernst nimmt. Doch gerade als er Toni mit ihrem neuen Liebhaber begegnet, macht er, gänzlich unerwartet, seine erste Liebeserfahrung. Eduard von Keyserling zeichnet ein amüsantes, mit viel Ironie angelegtes Porträt eines jungen Mannes, dessen narzißtische Liebe und eitle Selbstüberschätzung ihm den Blick auf die Geliebte verwehrt.

Eduard von Keyserling wurde am 15. Mai 1855 in Tels-Paddern (Kurland) geboren und ist am 28. September 1918 in München gestorben. Er studierte Jura, Philosophie und Kunstgeschichte in Dorpat, mußte aber 1877 die Universität verlassen; bis 1890 lebte er, zeitweilig gesellschaftlich isoliert, als freier Schriftsteller in Wien, verwaltete dann fünf Jahre lang die Güter seiner Mutter in Paddern und lebte von 1895 an in München. Ein Rückenmarksleiden und schnell fortschreitende Erblindung führten seit 1908 zu zunehmender Vereinsamung.

Erzähler-Bibliothek

Eduard von Keyserling
Seine Liebeserfahrung

Erzählung

Fischer
Taschenbuch
Verlag

›Seine Liebeserfahrung‹, entstanden 1906,
erschien in Buchform erstmals 1922 in
Band 1 der ›Gesammelten Erzählungen in vier Bänden‹,
herausgegeben und eingeleitet von Ernst Heilborn,
im S. Fischer Verlag Berlin.

Veröffentlicht im Fischer Taschenbuch Verlag GmbH,
Frankfurt am Main, Mai 1999
Gesamtherstellung: Clausen & Bosse, Leck
Printed in Germany
ISBN 3-596-14470-1

Seine Liebeserfahrung

3. August 1900

Jetzt mußte ich das Buch schreiben, ich fühlte es deutlich. Die Gedanken begannen schwer in mir zu werden, zu drücken, wir reife Früchte auf die Zweige drücken. Mit zweiunddreißig Jahren ist eine Entwicklung nicht abgeschlossen. Der Strich, den ich jetzt unter meine Weltanschauung setzen muß, muß noch nicht definitiv sein. Allein etwas ist fertig in mir und will herausgestellt sein, will als ein anderes neben mir stehen. Ich muß es auf die Arme nehmen, wie die Mutter das Kind, das sie geboren hat.

Gut! Ich wollte mein Buch schreiben und richtete mein Leben danach ein. In solchen Zeiten müssen wir unser Leben so ordnen, wie es Frauen tun, die guter Hoffnung sind und wissen, daß sie nun nicht mehr für sich allein leben. Der Hochsommer ist eine günstige Jahreszeit. Die Straße vor meinen Fenstern ist still und voll grellgelben Sonnenscheins. Hunde liegen auf den heißen Steinen, strecken alle viere von sich und schlafen. Kinder sitzen auf den Schwellen der Haustüren, die Hände um die nackten Beine geschlungen, und sind in der Hitze auch still und schläfrig geworden. Die wenigen Passanten drücken sich die schmalen Schattenstreifen an den Dachvorsprüngen entlang. Dieser unerträglich flimmernden Welt mit ihrem heißen, unreinen Atem seh ich es sofort an, daß ich in ihr nichts zu versäumen habe.

Ich ziehe die gelben Vorhänge vor mein Fenster, das gibt eine angenehme goldige Dämmerung. Hie und da sticht durch eine Spalte ein scharfer, blanker Sonnenstrahl in die Dämmerung, und in diesem Sonnenstrahl kreisen einige Fliegen brummend und unermüdlich umeinander. –

Ich höre das gern. Diese endlose übellaunige kleine Geschichte, die sie sich erzählen, beruhigt mich. Im Klub hatte ich gesagt, daß ich verreise. Josef hatte den Befehl, keinen Besuch vorzulassen. Die meisten waren ja ohnehin fort aus der Stadt, wer sollte kommen! Mit Frau Meirike hatte ich ein Gespräch über den Küchenzettel. In dieser Zeit mußte sie die schweren, feurigen Suppen vermeiden, die sie so gut zu machen versteht und die ich so gern esse. Mehr Bouillon, viel Geflügel, Spargel, zuweilen einen Fisch. Einen lebhaften Mosel habe ich mir für diese Zeit angeschafft. Der Schneider brachte den Anzug aus blauem Sommerflanell, ganz lose gemacht. Mit Blumen in den Zimmern war ich vorsichtig, in meinem Arbeitszimmer durften keine stehen. Aber im Nebenzimmer stand eine Schale voller Zentifolien, diese gesunden roten Kugeln, die einen frischen, starken Rosenduft haben, nicht die perverse Mischung mit Tee oder Vanille oder Zederholzdüften. Die beste Arbeitzeit ist der Vormittag. Nachmittags zur Zigarre mußte ich etwas lesen (statt der großen schweren Henry Clay rauchte ich jetzt eine kleine blonde Bock), und dazu hatte ich den Livius ausgewählt. Der würde mich nicht stören und erzählt mit so schön beruhigender Stimme. Und alles, was geschieht, erscheint so ordentlich für seinen Zweck zugeschnitten, wie die Holzstückchen eines Geduldspieles, die ja doch alle ineinander passen, um das Bild, die Größe des Römischen Reiches zu geben. Das verleiht ein angenehm geordnetes Gefühl, dabei kann man den Kopf nach hinten sinken lassen und die Augen schließen ... die Gedanken vergehen ... Diese Decius mit der Familieneigentümlichkeit – sich zu opfern – wie die Gicht in anderen Familien – sehr – aristokratisch. – Das ist sehr erfrischend. Wenn ich erwache, dann kann ich wieder bis zum Abend arbeiten.

Wenn es unten auf der Straße lebhaft wird, die Kinder zu lärmen beginnen, ein Geschwirr ganz hoher schriller Stimmen wie von einer Schar betrunkener Vögel, und wenn bunte Abendlichter aus dem Nebenzimmer in mein Schreibzimmer kommen, wenn der weiße Gipskopf der Marietta Strozzi errötet – dann mache ich einen Spaziergang – der Gesundheit wegen. Die Luft in den Straßen ist eine bedrückende, staubige Zimmerluft. Die Vorstadt ist unerträglich mit ihren grau und rot gestreiften Überbetten, die sich in den geöffneten Fenstern lüften, mit ihren heißen, dampfenden Menschen. Draußen setze ich mich in einen der kleinen Biergärten. Das Buch spricht in mir weiter, und über meinen Schoppen hinweg sehe ich die Menschen und die bunten Plakate an den Bäumen und die Radfahrer wie ferne fremde Bildchen, die mich nichts angehen. Wenn die Laternen angesteckt werden, bleich und glasig in die Dämmerung, gehe ich heim, und die ganze Nacht liegt vor mir für die Arbeit. Ich kann das Fenster an meinem Schreibtisch öffnen. Unten auf der Straße wird es immer stiller – ein »gute Nacht« höre ich zuweilen und das

Zuschlagen der Haustür. Die Lichter in den Fenstern erlöschen. Dort über die niedrigen Dächer ragt ein höheres Haus. Dort im vierten Stock entkleidet sich ein Mädchen bei offenem Fenster. Das Viereck des Fensterrahmens ist voll des gelben Lampenlichts, und ich sehe eine weiße Gestalt, die vor einem Spiegel steht und ihr langes, sehr schwarzes Haar emporhebt, um es auf dem Scheitel aufzubinden. Dann erlischt auch dieses Licht, und ich bin mit meinem Buche allein.

Ich habe mir für das Manuskript ein sehr edles Papier angeschafft, leicht gelblich getönt, glanzlos, die heraldische Lilie als Wasserzeichen. Auf dem Umschlag habe ich mit veilchenfarbener Tinte den Titel geschrieben: »Die goldene Kette« – darunter den Vers der Ilias, über den Plato so geheimnisvoll spricht:

Auf, wohlan, ihr Götter, versucht, daß ihr all' es erkennt!
Eine goldene Kette befestigend oben am Himmel
Hängt dann all' ihr Götter euch an und ihr Göttinnen alle,
Dennoch zöget ihr nie vom Himmel herab auf den Boden!

So muß es gehen.

4. August

Kleine, vernachlässigte Verpflichtungen können sehr störend werden. Wir wollen sie vernachlässigen, wir wollen sie vergessen, aber sie haken sich in uns fest, melden sich mit kleinen flüchtigen Stichen. Sie sind lästig wie die Sommerfliegen, die wir immer vertreiben und die sich immer wieder uns ins Gesicht setzen. Das ist nicht Pflichtgefühl – nur eine Unvollkommenheit in unserem Vorstellungsmechnismus.

Solch eine lästige kleine Verpflichtung ist mir heute zugefallen.

Ich ging nach dem Essen aus, um mir eine goldene Feder zu kaufen. Die Straße war wie ein überheizter, staubiger Korridor. Kaum ein Mensch, dem ich begegnete, nur Hunde, alte Schuhsohlen, Papierfetzen sonnten sich auf den heißen Pflastersteinen. Wie ich um die Ecke biege, fährt ein Wagen an mir vorüber, ein hübscher, kleiner Korbwagen mit zwei falben Ponys bespannt. Ein auffallender kirschroter Kutscher sitzt auf dem Bocke und im Wagen ein Herr, der seinen Panama schwenkt und »Ach – Herr von Brühlen« ruft. Der Wagen hält, und ich muß herantreten. Es ist der Baron Daahlen-Liesewitz, der alte Weltreisende. Gerade dem hätte ich nicht begegnen wollen. Er war mit meinem Vater befreundet, und ich bin ihm einen Besuch schuldig. Ich war ihm früher einmal begegnet und hatte ihm gesagt, daß ich verreise – und nun –: »Wieder hier«, sagte der Baron – Ja, ich war wieder hier, das ließ sich nicht leugnen – »In Arbeit« – murmelte ich. »So? – Fleißig also!« meinte der Baron. »Schön, schön. Aber die Abende sind frei – was? Jetzt muß man die Abende genießen. Mir – ja mir macht die Hitze nichts. Wenn man so'n tropischen Fieberbazillus im Blut hat – der friert leicht und wird dann unruhig. Wir sehen Sie doch bei uns – bestimmt? Ganz ohne Formen. Es ist hübsch da draußen. Ich kündige Sie meiner Frau an. Wenn Sie mich im Stich lassen, gibt's eine Enttäuschung – also?« – Ein starker Hustenanfall unterbrach ihn. Erkältet hat er sich auch auf seinen Weltreisen. Er drückte mir die Hand und fuhr ab. Fatal!

Er schaut gut aus, der alte Bursche. Das Gesicht quittengelb. Solche Reisende sind immer leberleidend. Das dichte Haar und der Vollbart sind schon grau, aber ein seltsam farbiges Grau, wie das Fell junger Mäuse. Dazu die fieberblanken Augen. Er wohnt das draußen vor der Stadt in seinem schönen Landhause und läßt sich von seiner jungen Frau pflegen, der alte Egoist. Er mag sich den Magen tüchtig an den Genüssen der fünf Weltteile verdorben haben. Die Frau soll so etwas wie eine Schönheit sein, sagte Fred Spall, der ein Verwandter von ihr ist. Also ich gehe morgen hin, damit auch das abgetan ist – aber meine Abende dort verbringen, o nein! Die kann ich besser anwenden, als bei dem alten Daahlen mit seiner kranken Weltleber zu sitzen.

5. August

Ich habe das Manuskript von der goldenen Kette fortgelegt. Seine Stunde war doch noch nicht ganz gekommen, das weiß ich jetzt. Etwas will noch erlebt sein. – Es soll erlebt werden, ganz – rücksichtslos – bis zur Neige. – Also –

Der Gang durch die Vorstadt war wieder qualvoll. Wie reinlich ist der Winter, der die Menschen in ihre Häuser treibt. Und was nicht alles jetzt auf die Straße herauskriecht und herausschaut und sich breitmacht. Der Mensch ist ein Höhlentier und soll in seiner Höhle bleiben – nur abends auf Raub ins Freie hinaus. In der langen Kastanienallee war es besser. Viel gelbe, von der Hitze getrocknete Blätter liegen schon auf dem Wege und rascheln und duften herbstlich. Auf den Bänken sitzen Kindermädchen, große erhitzte Gestalten, seltsam von graugrünen Schatten und grellen Sonnenlichtern gefleckt. Von der Allee muß ich dann wieder in den Sonnenschein abbiegen. Links und rechts Haferfelder voller Mäher. In all dem Rot und Gold stehen Mäher knietief in weißen Leinwandhosen. Die Feldgrillen lärmen wie toll, als wollten sie das Dengeln und Schwirren der Sensen übertönen.

Mitten in dem schweren Nachmittagslicht – sehe ich vor mir das Daahlensche Haus, ein großer, fast gewaltsam dunkler Würfel mit kaffeebrauner Fassade. Über dem Portal auf den schrägen Giebelseiten rekeln sich plumpe Steinfrauen, die ihre riesigen, kaffeebraunen Brüste sonnen. Hinter dem Hause erheben sich kühl und dunkel die alten starken Bäume.

Zögernd ging ich über den Kiesweg auf die Freitreppe zu. Ich blieb vor einem großen Beete stehen, auf dem alle möglichen Sommerblumen ungeordnet durcheinander dufteten, Skabiosen, Ziererbsen, Feuerlilien, ein großer Topf brennender Farben. All das duftete sehr warm und süß mit einem Gemisch scharfen Geruchs von Apothekerkräutern.

Ich bin mein Lebtag viel in Gesellschaft gegangen – dennoch – wenn ich zu fremden Menschen gehe – ist immer noch ein Rest von Befangenheit in mir. Das kommt wohl daher, daß ich zu deutlich empfinde – was der Mensch, vor den ich hintrete, denkt – ich sehe mich mit seinen Augen. Endlich entschloß ich mich, hineinzugehen. Der Diener, der mich empfing, hatte wohl dort geschlafen, auf der einen Wange stand ein roter Fleck. Sein weißes schwammiges Gesicht war korrekt ausdruckslos, dennoch dachte er – Was hat der durch die Hitze herzurennen? Den Baron fand ich in einem dämmrigen Wohnzimmer. Rote Vorhänge waren vor alle Fenster gezogen. Ganz in weißen Flanell gekleidet, saß er auf seinem Sessel. Auch er hatte eine rote Wange und mußte geschlafen haben. Er empfing mich mit einem Hustenanfall, dann freute er sich laut über mein Kommen: »Das ist recht … – Setzen Sie sich. Ein heißer Gang, was? Aber hier ist's kühl. Das verstehe ich, darin bin ich raffiniert. Über die Kühlung in den Zimmern hab' ich sozusagen wissenschaftlich nachgedacht.« Er sprach wie jemand, der lange geschwiegen hat und seiner Stimme Motion machen will. Ab und zu schaute er zur Tür hinüber und murmelte: »Wo meine Frau bleibt?« Als Schritte im Nebenzimmer hörbar wurden, rief er: »Claudia« – da kam seine Frau. Ein sehr schlankes, feines Figürchen – ganz farbig – gleich fiel mir die unendlich feine Linie der abfallenden Schultern auf. Der blaue Musselin des Kleides floß so eng am Körper nieder, daß die Knie im Gehen leicht gegen den Stoff stießen, am Gürtel trug sie einen etwas zu großen Strauß weinroter Skabiosen. Der Kopf erschien mir zuerst überraschend; ganz leichtes, hellrotes Haar umgab ihn, das Gesicht darunter weiß und ruhig – und darin große braunrote Augen, farbig und samtig, wie die

Blätter mancher Chrysanthemen. »Hier hab' ich uns den Herrn von Brühlen eingefangen«, sagte ihr Mann. Sie kam aufrecht und langsam heran, reichte mir die Hand – sah mich an – wie wir ein neues Möbel ansehen und sagte einfach: »Es freut mich sehr.« Dann setzte sie sich auf das Sofa – saß da gerade – die Hände auf den Sitz gestützt. Der Baron plauderte weiter: »Wir sitzen hier in unserer Einsamkeit wie Spinnen und warten, ob sich jemand in unser Nest verirrt. Zuweilen fahre ich aus. Ein Jagdzug – da hab' ich Sie gefangen. Ja – ja –« Die Baronin sah mich an mit einem stetigen gleichgültigen Blick. Ich fühlte es, daß sie sich von dieser Jagdbeute nicht viel versprach. »Am Tage arbeiten wir –« fuhr der Baron fort – »an meinem großen Reisewerke.« »Sie auch, Baronin?« fragte ich. »Ja, ich auch«, sagte sie. In ihrem Blick lag jetzt etwas Erstauntes. Ich wußte, sie wunderte sich darüber, daß ich so dasaß und sie nicht einmal betrachtete. Gut – ich will sie betrachten, und da fiel mir auf, wie wunderschön ihr Mund war – diese schmalen hellroten Linien, an den Winkeln etwas heraufgebogen und in ihrem Schwung, ich weiß nicht, welch seltsame Bewegungs- und Ausdrucksbereitschaft. Jetzt lächelte sie ein wenig, die Lippen noch immer fest geschlossen, sie las wohl auf meinem Gesicht etwas wie Überraschung. »Gewiß arbeitet sie mit«, fuhr der Baron fort – »was ich vormittags schreibe, muß sie mir nachmittags vorlesen.« »Sehr interessant –« wandte ich mich an sie. »O ja«, erwiderte sie mit einer Stimme, in der etwas Herbes anklang, wie oft in Stimmen eben erwachsener Mädchen. »Wenn's nur nicht so heiße Gegenden wären.« Der Baron lachte laut los: »Heiß!

Natürlich, wir sind gerade im Herzen von Afrika. Aber meine Frau würde verlangen, ich soll im Sommer über Spitzbergen schreiben und im Winter, wenn es friert, über Afrika –« Aber das Lachen brachte ihm den Hustenanfall. Claudia erhob sich, nahm ein Glas Wasser vom Nebentisch und ein Pulver, brachte es ihm, stand neben ihm, bis der Anfall vorüber war, ruhig und dienstgewohnt. Der Diener brachte den Tee, und Claudia schenkte ein, und weil ihr Gatte sich noch nicht erholt hatte, tat sie auch etwas für die Unterhaltung und bemerkte: »Ja, abends ist es sehr schön hier bei uns.« Da konnte der Baron wieder sprechen: »Oh, wer das kennt, der kommt wieder. – Kommen Sie nur recht häufig – kommen Sie täglich. Abends sind uns Freunde immer willkommen – nach der Arbeit.« Er sprach weiter von sehr heißen Nächten im Kapland, von den großen Ameisen, die die Stiefel anfressen.

Claudia saß wieder still da – sie ließ das Gespräch an sich vorüberklingen wie ein langgewohntes Geräusch. Ich hörte auch nicht zu. Aber während wir da in der roten Dämmerung dieses Zimmers uns gegenübersaßen, fühlte ich deutlich, wie Claudia und ich ein jeder sich mit der Gegenwart des anderen auseinandersetzten. Das ist solch eine Unterhaltung ohne Worte – von Körper zu Körper, von Wesen zu Wesen – geheimnisvoll – aber gewiß – Was wir sagen, ist ja gleichgültig – auf dieses stumme Frage- und Antwortspiel des Menschen zum Menschen kommt es an – Ich erhob mich, um mich zu verabschieden. »Also wir sehen Sie bald, kommen Sie nur. Fred Spall, unser Vetter – Sie kennen ihn doch – kommt auch, sobald er kann.« – – Ja, ich kannte Fred Spall. Als ich im Flur Hut und Stock nahm, sah ich, daß Claudia in der offenen Wohnzimmertür stand, die Schulter leicht an den Türpfosten gelehnt. Sie blickte durch die geöffnete Haustür in das rötliche Flimmern des Abends hinaus. – »Wie hell das ist«, sagte sie und blinzelte mit den Wimpern – »wir leben hier so in der Dämmerung, daß man Augen wie ein Kauz kriegt.« – Ich blieb noch bei ihr stehen. Etwas Besonderes mußte ich jetzt sagen, fühlte ich. »Wenn man jetzt da hinausgeht«, begann ich, »das ist wie ein Bad in Rotgold.«

»Ein sehr warmes Bad«, sagte sie nachdenklich.

»Wenn die Sonne untergeht«, fuhr ich fort, »kommt die kühle, blaugraue Dusche.«

Jetzt lächelte sie wirklich mit ein wenig geöffneten Lippen. Ich war zufrieden und ging. Als ich an dem großen bunten Beet vorüberkam, sah ich Claudia an der Haustür stehen – schmal und blau – das Haar flimmerte in der Sonne, die Augen schützte sie mit der Hand und schaute den Weg hinab. Das alte schwere Portal legte sich seltsam wie ein dunkler Rahmen der Einsamkeit um das farbige Figürchen. –

In der großen Allee war es schon lebhaft. Viel Kinder und Radfahrer – Arbeiter, die aus den Fabriken kamen, Ladenmädchen in hellen Kleidern, Pappschachteln in der Hand. Alle sprachen und strengten ihre Stimmen an, wollten Lärm machen, als seien sie betrunken von dem Flimmern des rötlichen Staubes, der die Luft erfüllte. Ich konnte das jetzt nicht brauchen. Ich bog in einen Seitenweg ein, suchte eine einsame Bank auf, um mich nichts als tüchtig verstaubte Jelängerjeliebersträucher. Ein Laubfrosch knarrte auf einem Zweige, dort saß ich lange und rauchte eine Zigarre nach der anderen.

Was wir noch denken nennen, ist sehr oft eine Beschäftigung, bei der wir selbst wenig dazutun. Man sitzt da und kommt sich wie eine *Laterna magica* vor, in die eine fremde Hand die Glasbildchen hineinschiebt und langsam hin- und herzieht. – Ein Zimmer mit roter Dämmerung – Claudia kommt herein, langsam und aufrecht – Claudia sitzt auf dem Sofa – Claudia sieht mich an – sie schenkt Tee ein – sie steht unter dem großen Portal – immer wieder diese Bilder. Es ist merkwürdig, wie lange wir dasselbe denken können.

Und dazu eine beständige begleitende Gefühlsmusik, die auch kommt und geht ohne unser Hinzutun – wie das Kreisen unseres Blutes. Ich kann jetzt den Laubfrosch verstehen, der Stunden hindurch dasselbe vor sich hin knarrt. Es war dunkel geworden. Drüben in der großen Allee wurde es still. In den Zweigen hingen die Lichtpünktchen der angesteckten Laternen.

Ich erhob mich – ich war hungrig geworden und ging durch die kleinen Seitenwege der Stadt zu. Überall begegnete ich Gestalten, die paarweise – eng beieinander, Hand in Hand schweigend die laue Dunkelheit tranken. Am Rande der Stadt liegt Bohrers Weinstube. An Sonntagen ist sie recht belebt, aber heute am Montag war es dort still. – Von der offenen Veranda aus sieht man auf die weite Ebene hinaus, Wege, Felder. Zwei Gäste waren nur auf der Veranda, ein alter Herr, der seinen Hut abgenommen hatte. Seine Glatze war gelb und blank im Gaslicht – und ein Mann mit einem faltigen grauen Gesicht. Beide saßen stumm vor ihrem Weinglase und starrten in die Dunkelheit hinaus, die über der Ebene lag. Die Kellnerin, ein verkümmertes kleines Wesen, mit geröteten übernächtigten Augenlidern, saß unter einer Gasflamme und las ein Buch. Als ich mich an den Tisch setzte, wischte sie mit der Serviette über die Augen – der Roman hatte sie gerührt – und kam zu mir, um mich leise zu fragen, was ich wünschte. »Ist es traurig, was Sie da lesen, Fräulein«, fragte ich.

»Sehr traurig«, sagte sie bekümmert. Der Wirt ging die Veranda hinab – ein schmaler junger Mann mit einer goldenen Brille. Vor jedem von uns Gästen machte er tief und traurig eine Verbeugung, als wüßten wir alle um ein trauriges Ereignis – dann blieb er stehen und schaute auf die dunkle Ebene hinaus. Ich dachte meine Gedanken weiter, nur daß sie hier plötzlich etwas Tragisches annahmen. Ein Ereignis hatte heute bei mir begonnen, das war sicher, aber jetzt wollte es mir scheinen, als sei es tragisch. Wie es auch kommt, es soll gründlich durchlebt werden. Ich wollte in meinem Leben immer zuviel den Regisseur spielen, wir leben unser Leben doch dann nur ganz, wenn wir es verstehen, unser eigenes Publikum zu sein. – Nur das. Ich bin ein Gedankenpedant. Was war es, was ich erlebte? Verliebtsein – was ist das? Definitionen sind immer falsch, aber sie beruhigen. Ich habe das Bedürfnis der Überschriften. –

Es ist seltsam ergreifend, auf weite, von Dunkelheit verschlungene Flächen hinauszuschauen. Wir alle – der alte Herr, der Mann mit dem faltigen Gesicht, der Wirt und sein alter, räudiger Hund, ich – wir sehen wie gebannt da hinaus. Der Hund stößt zuweilen ein heiseres, asthmatisches Heulen aus. Hunde müssen ihre Gedanken aussprechen. Dort unten leuchteten nur einzelne Lichtchen ferner Wohnungen, winzige rote Pünktchen, die blinzelten, als wären sie in Not vor der großen Dunkelheit. Darüber ein dunstiger Himmel mit bleichen verwischten Sternen. Und plötzlich erwachte in dieser stillen Dunkelheit eine Stimme – dort fern auf einem Wege ging ein Mann und sang laut und heiser – eine klagende Tonfolge, dann ein Vorschlag, dann wieder la-la-la. Sehr einsam klang diese Stimme so in der Dunkelheit, verloren, irrend – suchend. Und dann auf der anderen Seite der Wiese erklang eine zweite Stimme, eine schrille Frauenstimme, die dieselbe Notenfolge sang, la-la-la und der kleine Vorschlag. Die beiden Stimmen begegneten sich – verschmolzen dicht ineinander, wurden zuversichtlich in diesem Beieinandersein. Der alte Herr, der Mann mit dem faltigen Gesicht, der Wirt, alle hoben die Köpfe und lauschten, der Hund spitzte die Ohren, die Kellnerin sah von ihrem Buch auf. Es war, als hätten wir alle darauf gewartet, daß die beiden Stimmen sich begegnen. Plötzlich schwieg der Gesang. Es wurde wieder still in der Dunkelheit. »Zahlen«, sagte ich und stand auf.

Im Heimgehen fiel es mir ein: Natürlich, das ist es, nur das. Wir gehen allein in dunkler Einsamkeit, das ist unser Beruf. Und singen in die Dunkelheit hinein. Und plötzlich antwortet einer – singt mit – wir glauben, die Einsamkeit fällt von uns ab – nur das. Alle die Paare, da in der Allee auf den Bänken, saßen nah beieinander, indem sie sich ein Leben zu zweien phantasieren. Diese Formulierung beruhigte mich.

Zu Hause fand ich auf dem Schreibtisch das Manuskript der goldenen Kette. Ich habe es fortgeschlossen. Für eine Zeitlang habe ich anderes zu tun. An meiner Lebensordnung braucht nichts geändert zu werden. Nun werde ich der Frau Meirike sagen, sie kann jetzt mehr Blumen in die Zimmer stellen, Sommerblumen, die stark duften. Edellupinen, wohlriechende Erbsen und die braunroten Chrysanthemen mit den geschwollenen goldenen Herzen. – –

6. August

Es überraschte mich heute morgen, als Josef die Vorhänge von den Fenstern zurückzog und einen Strom gewaltsamen Sonnenlichtes in das Zimmer ließ, daß das gestrige Erlebnis fort war oder doch nur wie ein Traumbildchen vor mir stand, das vor der Morgensonne in eine verschleierte Ferne rückte.

Etwas war doch geblieben, eine mir ungewohnte Freude daran, den Tag zu beginnen, als stände etwas Angenehmes bevor. Und als ich dann meinen Tee trank, die Zeitungen und die Briefe las, wollte der gestrige Besuch bei Daahlens fast ein gewöhnliches Gesicht annehmen. Ein Teebesuch – eine hübsche Frau – was weiter. Ich konnte das Mystisch-Verhängnisvolle darin nicht mehr so recht finden, dessen ich gestern doch so sicher war. Ich mußte plötzlich an die Zeit denken, da ich als Gymnasiast in den Sommerferien meine Cousine Alma liebte und am Morgen erwachte, froh, den verliebten Tag zu beginnen. Aber es war doch da – nur daß am Morgen unser Denken wacher ist, und dieses Denken ist dem Fühlen gegenüber so plump. Das Feinste unseres Denkens liebt die Dämmerung wie Claudias Augen.

Am Vormittag bin ich gewohnt zu arbeiten. Die goldene Kette muß zurückgestellt werden. Einer leichten, etwas mechanischen Arbeit bedurfte ich jetzt. Ich begann einen platonischen Dialog zu übersetzen: »Die Liebenden« – eine etwas pädagogische Liebe. –

Ein sicheres Zeichen, daß etwas in mir vorgeht, war eine gewisse Unruhe – die machte, daß ich nach einiger Zeit die Feder fortlegte und ausging. Ich hatte ohnehin noch etwas mit meinem Schneider zu besprechen. Ich ging also in die Mittagsglut hinaus in die Stadt, die um diese Zeit wie eine große gemeinsame Wohnstube (schlecht gelüftet) aussieht. Ein jeder tut, als sei er allein. Niemand wundert sich, wenn ich vor fremden Haustüren auf fremden Bänken sitze – vor den niedrigen Fenstern stehe und zuschaue, wie da drinnen der Mittagstisch gedeckt wird. Männer in Hemdsärmeln lehnen zu den Fenstern hinaus. Mädchen stehen an den Haustüren, gähnen und strecken die Arme – wie im Bett. Das unterhielt mich. Diese ganze Welt war für mich so beiläufig, ich war hier zu Besuch, um die Zeit zu vertreiben. Meine Wirklichkeit war die dämmerige Wohnstube da draußen, das bunte Figürchen unter dem alten Steinportal. Und ich begann mich wieder stark darauf zu freuen.

Der Gang hatte mich ermüdet. Nach dem Essen, als ich den Livius zur Hand nahm, wurden mir die Augenlider schwer. Ich legte mich zurück. Die Fliegen brummten in einem Sonnenstrahl, die Lupinen und Erbsenblüten dufteten sehr süß. Es war köstlich sentimental ruhevoll. Nur eigentümlich, nicht an Claudia dachte ich, sondern an Alma – die Cousine, die ich als Gymnasiast geliebt hatte. Sie trug weiße Kleider, breite, bunte Schärpen, einen über den Rücken niederhängenden Zopf und Schnürstiefelchen. Wenn sie die Gartenwege entlangging, folgte ich ihr gern, stach mit einem kleinen Spaten ihre Fußspuren aus dem Wege – legte den Sand in ein Körbchen und trug ihn zu einem stillen Platz im Park, dort häufte ich ihn zu einem Hügel auf, dem Almahügel – das Monument meiner Liebe.

Mit dem Umkleiden, um zu Daahlens zu gehen, begann ich ziemlich früh. Als ich vor dem Spiegel stand, fiel es mir auf, daß wir doch recht fremd unserer äußeren Erscheinung, unserem Gesicht gegenüberstehen. Ich lächle und will in dieses Lächeln eine ganz innige Bedeutung legen, ich fühle es – wie es vom Herzen warm in die Lippen steigt, und nun seh ich dieses Lächeln – fremd – mir unverständlich. Unser Äußeres führt doch die Aufträge, die unser Wesen ihm gibt, nur sehr obenhin aus. Mein Gesicht, regelmäßig, etwas feierlich, ist darin, glaube ich, recht ungelenk, nur die Augen, graublau, mit einem intensiven ernsten Blick – die führen manchen Auftrag besser aus.

Die Sonne war schon im Untergehen, als ich in die große Allee einbog. Der Duft der von der Hitze getrockneten Blätter auf dem Weg, des reifen Hafers, der in Garben auf dem Felde stand – gab mir sofort alles wieder, was ich gestern erlebt hatte.

In der Villa waren heute die Vorhänge zurückgezogen. Die Fenster und die Glastüren zur Veranda standen offen. Von dem ein wenig tiefer liegenden Garten – aus dem Schatten der mächtigen alten Bäume wehte es kühl und ein wenig feucht in die Zimmer. Claudia kam mir an der Verandatür entgegen. Sie trug ihr blaues Kleid und eine Korallenschnur um den Hals. Die braunroten Augen sahen mich wieder mit dem ruhig wartenden Blick an. »Oh«, sagte sie, »wie hübsch, daß Sie kommen. Mein Mann wird sich freuen. Er ist eben in sein Zimmer gegangen, um etwas an dem Manuskript zu ändern, das wir heute gelesen haben.« Wir lehnten am eisernen Geländer der Veranda und schauten in den Garten hinaus. »Ja«, sagte ich, »ich habe mich den ganzen Tag darauf gefreut.«

Ich wunderte mich, daß das so einfach herauskam, denn ich hatte mir viel kompliziertere Dinge zurechtgelegt.

»Heute wird es hübsch hier«, bemerkte Claudia, »ein wenig Mond ist schon da.« Die Sonne war untergegangen, die Luft wurde blau. Über den zackigen Wipfeln der großen Ahornbäume hing eine schmale, weiße Mondsichel. Wir schwiegen. So an dem Gitter zu stehen, nebeneinander und in das Herabdämmern hineinzublicken – ihre Gegenwart zu fühlen, war wunderbar ruhevoll. Aber endlich mußte doch etwas gesagt werden.

»Wie heimlich dunkel diese Wege sind«, begann ich, »dort unten höre ich auch Frösche.«

Claudia nickte: »Ein kleiner Weiher ist unten. Die Frösche, ja, die höre ich kaum mehr, ich bin sie so gewohnt. Die Wege – ja, sie sind sehr heimlich, später im Jahr etwas unheimlich, wenn so die Blätter rascheln. Mein Mann darf abends nicht heraus dann. Ich gehe gern in der Dunkelheit da umher.« – »Allein?« fragte ich. – »Ja«, sagte sie, »oder nein, Julchen geht hinter mir her.«

»Julchen?«

»Ja – Sie kennen sie nicht – natürlich. Unsere Mamsell. Sie ist schon lange hier.«

»Julchen«, meinte ich, »klingt so gemütlich. Ich glaube nicht, daß es unheimlich sein kann, wenn Julchen hinterhergeht.«

Sie lächelte ein wenig.

»Gott! Ich bin an Julchen so gewöhnt, daß ich sie vergesse. Es ist wie mit den Fröschen.«

»Ich möchte dieses Julchen doch sehen«, meinte ich.

»Ich will sie Ihnen mal zeigen«, sagte Claudia.

Wir schwiegen wieder.

Unten am Weiher begann ein melancholischer Wasservogel immer den gleichen hellen Ton vor sich hin zu singen, und aus den feuchten dunklen Gängen des Parkes wehte uns ich weiß nicht welche Traurigkeit an. Ich hatte plötzlich starkes Mitleid mit der kleinen Frau, die einsam hier durch die raschelnden abendlichen Herbstwege ging – aber Mitleid, das fast körperlich wohltat. Das war mir neu und interessant an mir. Aber das ist wohl immer so, wenn uns ein anderes Leben ganz nahekommt.

»Und dann?« fragte ich. Claudia warf den Kopf ein wenig zurück, um mich anzusehen.

»Wie?«

»Ich meine, was Sie dann tun nach diesem Gange?«

Ich fragte sie aus, wie wir ein kleines Mädchen nach seinem Tage ausfragen. Es war mir, als hätte ich ein Eigentumsrecht auf dieses Leben.

»Dann«, sagte sie und zuckte leicht mit den Schultern, »dann lese ich meinem Manne vor.«

»Wieder das Manuskript?«

»Nein, andere Reisebeschreibungen. Er liebt es, den Fehlern der anderen auf die Spur zu kommen. Er sagt, die anderen lügen.«

»Das mag wohl sein.«

»Ja, das werden sie wohl«, meinte Claudia, unendliche Gleichgültigkeit im Ton. Hinter uns erscholl Daahlens knarrende Stimme. – »Bitte, mein Lieber, versuch doch nur zehn Kilometer auf diesen Steinen zu gehen, ja ja.« Er sprach mit dem Baron Spall – Fred Spall. Sehr lärmend begrüßte er mich: »Ach, das ist schön. Also Sie haben wir auch eingefangen. Das wird gemütlich. Schön hier, was? Das ist 'n Garten. Mystisch heiliger Hain.« Lebhaft sprach er auf mich ein.

Ich hörte nicht zu, ich mußte hinübersehen, zu Spall hinübersehen, der sich neben Claudia an das Gitter lehnte, sich vertraulich zu ihr beugte – er war ja ein Vetter – und etwas erzählte und lachte. Claudia blickte gerade vor sich hin, und ihr schöner Mund zuckte so seltsam wie in einer Qual. Natürlich, ich verstand. Spall war verliebt in sie, und sie mochte ihn nicht, den schönen Spall mit dem schmalen Mädchengesicht, den sentimentalen Augen und den blanken, blonden Locken. In dem hübschen Mädchengesicht nahm sich das Monokel im linken Auge und das böse Lächeln der knabenhaft roten Lippen fast gespensterhaft aus.

»Und das Essen, Claudia, Kind«, rief Daahlen, »wie weit ist's denn?« – »Gleich«, sagte Claudia, »Julchen holt den Wein.« Daahlen lachte sehr laut. – »Sehr gut, unsere Vorsehung heißt Julchen. Wir wandeln im heiligen Haine, und Julchen sorgt für den Leib.«

Das Abendessen war sehr gepflegt, und Daahlen lachte und erklärte und sprach von den Speisen aller fünf Weltteile. Er ließ kaum einen anderen zu Wort kommen. Nur Spall unterbrach ihn zuweilen, um eine Stadtnachricht mitzuteilen. Daahlen fragte dann weiter, und sie begannen wild zu klatschen. Ich schwieg soviel wie möglich, es war mir angenehm, mit Claudia zusammen zu schweigen, es war, als verstünde sich unser Schweigen. Claudia, nah auf ihren Teller niedergebeugt, aß aufmerksam die kleinen, guten Sachen, Eier à la Mayerbeer, Hühnersteaks mit Krebssoße.

»Sie essen gern?« fragte ich sie halblaut.

»Ja«, sagte sie ernst, »wenn es etwas Unterhaltendes ist.«

Spall hatte das gehört und lachte: »Das ist echt Claudia, verlangt von dem armen Hühnerkotelett, es soll sich essen lassen und dabei unterhaltend sein.« Er hatte dabei eine Art, sie mit den sentimentalen Augen anzusehen, als gehörte sie ihm. Claudia errötete leicht und schob mißmutig die Unterlippe vor wie ein böses kleines Mädchen: »Na ja, dabei ist doch nichts.«

»Echt weiblich«, dozierte Daahlen. »Die Frauen sagen wie die Römer zu den Gladiatoren: Stirb, aber gefall mir. Mir fallen da die – Neger ein.«

Ich hörte nicht recht, wie es bei den Negern war, ich dachte an Spall. Der konnte mich nicht beunruhigen.

Nein, mein Lieber, so kommst du ihr nicht nah, mit diesen Augen, die keine Distanz halten!

Die Fenster zum Garten hin standen offen. Die tiefe

Dunkelheit der großen Bäume schaute herein. Über den schwarzen Wipfeln hatte die Mondsichel jetzt ein starkes weißes Leuchten.

»Hören Sie die Frösche – unsere Tafelmusik«, sagte Daahlen.

Nach dem Essen gingen wir wieder auf die Veranda hinaus, saßen in bequemen Korbstühlen. Der Diener brachte kalte Ente in silbernen Bechern. Die große Ruhe der Nacht machte auch Daahlen eine Weile schweigsam. Dabei wandte er sich an mich und sprach von einer Mondnacht am Kongo. Claudia und Spall saßen etwas abseits. Spall sprach leise. Einmal antwortete Claudia, schnell, hart, wie mir schien. Du arbeitest für mich, mein Lieber, dachte ich. Ich wunderte mich, wie glücklich und sicher ich mich fühlte. Spall erhob sich. – »Komm«, sagte er, »wir wollen ein wenig zu den Fröschen gehen.« – Claudia erhob sich auch, machte einige Schritte, dann wandte sie sich hastig – ja, ich täusche mich nicht, hilfesuchend zu mir. »Ach, Herr von Brühlen, ich wollte Ihnen ja den Weiher zeigen.« Ich stand ein wenig zögernd auf. Konnte ich Daahlen allein lassen? In dem Lichte, das durch die Tür auf die Veranda fiel, sah ich deutlich, wie Spalls hübsches Gesicht sich verzog. Er kehrte kurz um und setzte sich in seinen Stuhl zurück. »Ach so – dann will ich Daahlen nicht allein lassen«, meinte er. »Machen wir ein Ekarté?« Claudia und ich gingen in den Garten hinunter. Es machte mich zuerst ein wenig befangen, so allein mit ihr in die Nacht hineinzugehen. Unter den Bäumen war es kühl wie unter einem Kirchengewölbe und sehr dunkel. Ich hörte nur den leisen Ton ihrer Schritte und der leichten

Musselinschleppe auf dem Kies. Dann sprachen wir von dem Garten und von der Hitze und von Lavendel, glaube ich, der von der Terrasse her zu uns herüberduftete. Höflich und ruhig waren unsere Stimmen, aber ich empfand es deutlich, wie die Dunkelheit uns eng verband. Wir waren einander viel näher, als unsere Stimmen einander waren; ich spürte deutlich, als hätte ich sie gefaßt, ihre Hand in der meinen, schmal und kühl wie nächtliche Blumenblätter; ich fühlte, wie ich den Arm um ihre Taille legte, der Skabiosenstrauß an ihrem Gürtel mußte jetzt ein wenig feucht vom Tau sein. Gott, die wirklich äußere Berührung ist doch immer das letzte Symbol, die letzte Hilflosigkeit dieser heimlichen Zwiesprache unserer Körper. Ich weiß nicht, wie das Gespräch darauf kam, aber Claudia sagte: »Sie heißen Magnus?«

»Ja, Magnus!« erwiderte ich. »Ich bedaure das. Man heißt eigentlich nicht Magnus.«

»Ein Familienname?«

»Ja, mit dem Namen geht es wie mit dem Leberflekken, den ein Ahne hat, und dann taucht er immer wieder auf.«

»Ich liebe meinen Namen auch nicht«, meinte Claudia sinnend. »Claudia klingt so, wie – wie etwas, das nicht lebt.«

»Claudia«, wiederholte ich und versuchte etwas Musikalisches in den Ton zu legen, das mißlang jedoch. »Früher stellte ich mir dabei eine große römische Gestalt vor, schwere, gerade Gewandfalten.«

»Und jetzt?«

»Jetzt – ich las den Namen gestern im Livius und da,

da spürte ich den Duft von dem großen Beet dort vor Ihrer Treppe.«

»Ach, das«, sagte Claudia, »das riecht nach Einsamkeit.«

»Nach Einsamkeit?«

»Ja, finden Sie das nicht? Wenn die Nachmittagssonne grell darauf scheint und die Blumen so warm durcheinander duften, das ist so einsam – so einsam.«

Wir blieben am Weiher stehen, eine grüne Pflanzendecke lag auf dem Wasser. Der Mond legte ein wenig weißes Licht auf die schwarze Fläche.

»Was steht da drin?« fragte ich – denn mitten im Teich stand eine große dunkle Gestalt und schien ihre Arme in die Finsternis hinauszustrecken.

»Das dort«, sagte Claudia, »ist eine Danaide aus Stein, aber ihre Hände und das Sieb sind fortgebrochen.«

»Na, dann hat sie also Ruhe«, bemerkte ich. Claudia lächelte ein wenig. »Ja – ja – nun hat sie Ruhe.«

Langsam gingen wir am Ufer entlang, hörten den Fröschen zu, die unter der Pflanzendecke eifrig plauderten, erzählten, der eine dem anderen das Wort vom Maul nahm. Ich war in ganz unwahrscheinlicher Stimmung, sehr weit von allem, was mir sonst wirklich schien, allein mit Claudia in dieser dämmerigen Welt, über der es wie Schmerz lag, aber wie Schmerz, den ich mit Claudia gemeinsam zu tragen hatte, als gingen wir engverbunden einen gemeinsamen Leidensweg. Das ist, glaube ich, sehr charakteristisch für meinen Zustand. Claudia bog in einen dunklen Laubengang ein, der ein wenig steil hinauf dem Hause zuführte. Die Dunkelheit brachte sie mir wieder ganz nah – mir war es wieder, als nähme ich ihre kleine Gestalt, ja als küßte ich ihren wundervollen kühlen Mund.

»Sie lieben nicht die Einsamkeit, Baronin?« fragte meine Stimme höflich.

»Ach Gott!« erwiderte Claudia. »Ich bin sie so gewohnt – so – so – wie – «

»Julchen«, schlug ich vor.

Sie lächelte. »Ja – wie Julchen.«

»Sind Sie so viel allein gewesen?« fragte ich, was vielleicht zu dreist war.

»Das ist es nicht«, meinte sie. »Einsam – ist man, glaube ich, wenn man wartet – sitzt und wartet. Warten macht einsam.«

»Sehr richtig«, schaltete ich ein – was stillos war.

»So bei uns zu Hause«, fuhr Claudia fort. »Wir waren fünf Schwestern, immer nur ein Jahr zwischen uns – wir waren immer zusammen. Wir kamen wenig hinaus – wir gingen auch ungern ins Dorf. Unsere Kleider saßen so schlecht. Ich glaube, mein Konfirmationskleid war das erste, das nicht zwei Schwestern vor mir getragen hatten, ich war so klein. Es war kein Geld da, und wir mußten sehr sparen.« Sie lachte mit dem harten Unterton des Lachens halberwachsener Mädchen.

»Oh!« sagte ich nur, was ich jetzt bedaure.

»Ein Schusterjunge sagte, wenn wir vorübergingen – ach, die fünf Modejournale. – Beliebt waren wir nicht. Auch zu Hause, wenn was passierte, waren immer die fünf Komteßchen schuld.«

Ich hätte etwas sagen sollen, ich sagte jedoch nichts – ich liebte Claudia nur sehr stark in diesem Augenblicke.

»So trieben wir uns in dem großen Garten umher«, erzählte Claudia weiter, und ich glaubte ihrer Stimme anzuhören, daß sie lächelte. »Viel wurde für diesen Garten nicht getan. Nur Kohl war da gepflanzt, und die Obstbäume waren vermoost. Aber viel Stachelbeeren waren da. Auch die waren zurückgegangen, sie waren klein und haarig geworden. Bei denen lagen wir gern. Wenn die Sonne auf Stachelbeerbüsche scheint, das riecht nach warmer Wolle, nicht wahr?«

»Ja – ich – ich erinnere mich recht – «

»Ja, und das ist einsam, wir lagen da, aßen die kleinen haarigen Beeren – und warteten, daß etwas kommen sollte.« Gott! Wie deutlich ich sie sah, die Mädchen mit den hellroten Haaren und schlechtsitzenden Kleidern und den schönen, wartenden Gesichtern bei den besonnten Stachelbeerbüschen – –

»Und es kommt immer«, sagte ich.

»Ja – natürlich«, erwiderte Claudia.

»Und dann«, fuhr ich fort – ich unterstrich die Worte –, »dann müssen wir gehorchen.« Vielleicht etwas lebhaft kam das heraus.

Claudia blieb stehen. Ihre Stimme wurde jetzt leise vor Erregung: »Nicht wahr, wir müssen – ganz gleich, wir müssen.«

Das war, glaube ich, etwas Entscheidendes, was ich da gesagt hatte.

Wir traten aus dem Dunkel der Bäume auf die Terrasse vor dem Hause hinaus. Auf der Veranda, wie ein gelbes Lichtbildchen in all dem Schwarz, sahen wir die beiden Herren beim Schein zweier Kerzen mit Weingläsern bei den Karten sitzen, die Profile hell beschienen. Um Spalls Kopf legten die blonden Locken ein schwaches goldenes Glänzen. Claudia lachte lustig auf. »Das ist hübsch«, meinte sie. Ich wunderte mich, daß sie nach der Erregung, die wir beide eben gefühlt hatten, so lachen konnte. Als wir auf die Veranda kamen, bemerkte Spall spöttisch: »Nun – in Lyrik gemacht?« Dabei sah er Claudia wieder mit dem seltsam gierigen Besitzerblick an. Claudia wandte sich ab und trat in den Schatten an das Geländer zurück. Du treibst sie gewaltsam zu mir her, mein Lieber, dachte ich.

»Famos, da unten«, begann Daahlen, »Stimmung, nur zuviel Stimmung. Meine Frau liebt das. Ich nenne das Depression kneipen.«

Bald darauf gingen Spall und ich fort. Unterwegs bemerkte Spall:

»Eine merkwürdige Frau – meine Cousine« –

»Eine charmante Dame«, erwiderte ich. Das war das kälteste, was ich fand, das errichtete gleichsam eine Barriere um Claudia.

So – und jetzt will ich schlafen – nicht denken.

Diese Gefühle dürfen wir nicht jeden Abend sorgsam wie unsere Kleider zusammenfalten und fortlegen. Mir ist's, als säße ich in einem Traum und müßte mit ihm sehr behutsam umgehen, um nicht zu erwachen.

8. August

Das kann ich wohl jetzt schon mit Bestimmtheit sagen, die Liebe ist eine Beschäftigung – eine Beschäftigung, welche die Tage ausfüllt.

Bisher in meinem Leben habe ich, glaube ich, wenig für andere getan. Es hat sich so gemacht, daß ich alles nur für mich tat. Jetzt ist es mir, als täte ich alles, auch das Geringfügigste, für einen anderen – für sie. Bisher ließ ich die Menschen nicht nahe an mich herankommen – ich mußte allein sein können. Jetzt ist es mir, als sei ich nie allein – ich spüre immer die Gegenwart eines andern – ihre Gegenwart. Und was tue ich denn all diese Tage voll grellen Sonnenscheins hier hinter meinen gelben Vorhängen im starken, süßen Duft der Erbsenblüten und Edellupinen. Ich übersetze Plato, sehe Korrekturen nach, ordne meine Bibliothek, aber eigentlich tue ich immer etwas anderes – und immer dasselbe. Fühlen ist die Hauptbeschäftigung. Ich verstehe die Feldgrille jetzt, die den langen Sommertag hindurch bis in die Nacht hinein eifrig, leidenschaftlich denselben Ton vor sich hin geigt, als wäre dieser Ton das einzig Wichtige in der Welt. Dieses sind Beobachtungen, die ich gesichert halte. Zu Daahlens wollte ich diesen Abend nicht gehen. Das schien mir richtig zu sein. Claudia sollte wieder einmal allein durch den Park gehen, allein im Mondenschein am Weiher stehen. In solchen Augenblicken des einsamen Fühlens wachsen unsere Empfindungen klarer und stärker, als in den beruhigenden und berauschenden Augenblicken des Zusammenseins. Ich ging aber am Abend zur Allee hinaus, setzte mich auf eine Bank und sah zu, wie die Abendsonne in den Fenstern der Daahlenschen Villa brannte. Dort wollte ich sitzen, bis die Dunkelheit kam. Es würde mir guttun, meinte ich, umgeben zu sein von der flüsternden Gemeinde der Liebespaare.

Zu mir auf die Bank setzte sich ein kleines Ladenfräulein, ein rundliches, blondes Mädchen. Sie legte die Pappschachtel, die sie trug, neben sich auf die Bank. Müde streckte sie die Füße von sich, klappte die Spitzen der gelben Schuhe aneinander. Den kleinen Knabenstrohhut schob sie ein wenig zurück, einige feuchte blonde Löckchen kräuselten sich auf der Stirn. Das Gesicht war rund und rosa, hübsch weich waren die nemophilenblauen Augen zwischen die ein wenig fetten Augenlider gebettet. So ein ruhevoller Friede lag über der Gestalt. Es war ordentlich beruhigend, daß dieses Mädchen neben mir saß. Sie schaute zu mir herüber und dann wieder fort – wie sie das alle tun. Diese Mädchen brauchen alle ruhig und sicher dieselbe Methode – wie beim Bügeln oder Handschuhanziehen. Wenn sie sich bewährt hat, wozu eine neue suchen? So begann ich mit ihr zu sprechen: – Es war heiß. – Ja, es war heiß. – Sie wollte wohl hier warten, bis es kühl wurde. – Freilich, das wollte sie. – Wartete sie sonst noch auf jemanden? – Nein, auf wen denn? – Nun, man ist doch zu zweien an Sommerabenden. – Das wohl – aber sie hatte keinen. – War er fort? – Ja – fort. Ein tiefer Seufzer straffte die rot- und weißgestreifte Bluse.

»Sie heißen Toni?« sagte ich.

»Wie wissen Sie?«

»Sie sehen so aus.«

»Ja, Toni Ledrer, ich bin bei Großmann im Handschuhladen in der Herrnstraße.« – »Oh, ich weiß, das ist der große Laden, in dem es immer so dämmerig und feierlich ist. Eine strenge, ältere Dame mit einer goldenen Brille sitzt an der Kasse, und die jungen Mädchen streichen ganz still und ernst den Kunden die Handschuhe über die Hände.« – »Die Alte ist böse«, beichtete Toni, »und sprechen darf man gar nicht und wenig sitzen.«

»Dann kommen Sie abends hierher, um zu sitzen und zu sprechen?«

»Ja, wenn wer da ist zum Sprechen«, meinte Toni träumerisch. »Ich wohne so hoch, da sind die Nächte so heiß. Man hat keine Lust zu Bett zu gehen.«

»Sie haben wohl so eine kleine Lampe mit gelbem Licht und stehen ganz weiß vor dem Spiegel und heben die Arme hoch, um sich das Haar aufzubinden« – –

Toni sah mich erstaunt an: »Nun ja – wie soll man das anders machen?«

Die Dämmerung war gekommen. Durch die Blätter der Kastanien blitzte der Mond.

»Gehen wir ein wenig«, schlug ich vor.

Toni stand gehorsam auf, strich ihr Kleid glatt und nahm die Pappschachtel. Langsam gingen wir die Allee hinab und bogen in die kleinen, finsteren Nebenwege ein.

»Nehmen Sie nicht meinen Arm?« fragte ich.

»Ich bin so frei«, erwiderte Toni. Sie nahm meinen Arm, wie all diese Mädchen unsere Arme nehmen. Sie hängen sich ein wenig schwer ein, drücken unseren Arm leicht gegen ihre Brust. Zu sagen hatten wir uns nichts. Es war auch genug, so aneinandergelehnt zu spüren, wie unser Blut den gleichen Takt hielt – es tanzte zusammen. Und Tonis hatte einen friedlich-energischen Takt. Wenn an einer Biegung des Weges plötzlich die Mondhälfte in einem hellen, leeren Himmel sichtbar wurde, dann blinzelte Toni hinauf und sagte: »Wie schön. Ach, überhaupt der Mond.«

»Gehen wir zu Bohrer essen«, schlug ich vor.

»Das ist ja nicht nötig«, meinte Toni, »heute am Werktag.«

Wir gingen doch hin. Auf der stillen Veranda erregte unser Erscheinen Aufsehen. Der alte Herr, der Herr mit dem faltigen Gesicht, die kleine, bleiche Kellnerin, alle hoben die Köpfe und sahen uns ernst und vorwurfsvoll an. Der alte Hund, der am Eingang saß und zum Mond emporschaute, knurrte leise.

»Was wünschen Sie?« flüsterte die Kellnerin.

Wir setzten uns in eine Ecke. Die Ebene vor uns war voll eines weißen, nebeligen Lichtes und einsamer denn je. Toni streckte wieder unter dem Tische die Füße von sich und legte die Hände flach auf den Tisch, dann aß sie langsam, sorgfältig, kaute die Bissen, indem sie zum Monde aufsah. Wir tranken einen kleinen, säuerlichen Schaumwein. Toni seufzte zuweilen so tief, daß die weiß- und rotgestreifte Bluse krachte.

»Warum seufzen Sie?« fragte ich.

»Weil es hier so gut – so gut ist«, meinte sie. »Man hat seine Ruh« – und sie gähnte diskret. Ja, mir wurde auch so wohlig und schläfrig zu Sinn. Es war mir, als hätte ich den ganzen Tag über gearbeitet und dürfte nun die Glieder von mir strecken und ruhen. Ich wollte mich ein wenig unterhalten.

»Ist es schwer, den Leuten die Handschuhe anzuziehen?« fragte ich.

»Ach«, sagte Toni, »ich bin daran gewöhnt. Ja, manche halten die Hand schlecht. Aber wollen wir nicht von Handschuhen sprechen.«

Nein – wir wollten nicht von Handschuhen und den Mühsalen des Lebens sprechen. Wozu auch sprechen!

»Es ist spät«, sagte Toni endlich, und wir gingen. In den schmalen Wegen zwischen den Jelängerjelieberbüschen blieb sie stehen, ganz nah vor mir.

»Ich gehe hier hinab«, sagte sie. – Ich küßte sie. Ihre Lippen waren weich und warm, wie die Lippen eines schläfrigen Kindes. »Sonntag bin ich um zwei Uhr schon frei«, bemerkte sie im Fortgehen.

Auf dem Heimwege hielt das angenehme, beruhigte Gefühl an. Aber als ich in mein Zimmer trat, war wieder Claudias erregende Gegenwart da. Ich legte mich gleich zu Bett – ich war müde und habe gut und fest geschlafen.

Aber im Einschlafen dachte ich wieder an Toni, es war mir, als würde ich von dem ruhigen, kräftigen Takt ihres Blutes in Schlaf gewiegt. Für das, was mir mit diesem Mädchen begegnet, muß sich doch auch eine Formel finden lassen. – –

10. August

Heute war ein schlechter Tag. Gleich beim Erwachen spürte ich das. Frühmorgens war ein Gewitter niedergegangen, das wirkte wohl noch auf meine Nerven. Die Luft war kaum abgekühlt, die Sonne stach wieder.

Eine unangenehme Nüchternheit war in mir, die allem widersprach, was ich gefühlt hatte, die höhnte und mit allem in mir zankte. Claudia war fern und fremd. An allem war überhaupt nichts. Dazu kam noch, daß Josef beim Frühstück erzählte, er sei heute morgen der Baronin Daahlen begegnet. »Sie ritt. Der Stallknecht ritt hinter ihr. Der Baron Spall war auch dabei.«

Dieser Bericht erregte in mir ein Gefühl unendlichen Widerwillens – so ein körperliches Unbehagen. Ich mußte den Tee und das geröstete Brötchen, das ich eben sorgsam mit Butter bestrichen hatte, stehenlassen. Die eigentlichen Erscheinungen der Eifersucht sind das nicht. Ich bin nicht eifersüchtig auf Spall. Claudia haßt Spall, das habe ich an ihren Blicken, an der müden Art, wie sie sich von ihm abwendet, gesehen. Claudia wird nur einer Liebe gehorchen, die bis zum äußersten mit der Distanz zwischen ihr und dem Geliebten kämpft. Erst wenn beide sagen: Wir können nicht mehr – dann, dann gehorcht sie. Das habe ich verstanden. Aber dennoch ... So werde ich mich denn recht elend bis zum Abend hinziehen.

Ein seltsam unwirkliches Leben, das ich führe. Nur dort auf der Veranda wird es wirklich, vor dem dunklen, feuchten Garten, in der Traumbeleuchtung des Mondes, bei dem leisen Ton von Claudias Musselinschleppe auf dem Kies. So fühlen wohl die Fledermäuse, wenn sie am Tage in den finsteren Ecken wie kleine, schwarze Teufel an der Wand hängen und durch eine Spalte in das Tageslicht blinzeln, ob das dumme Licht noch da sei, das allem widerspricht, was sie abends erleben, wenn sie mit dem kleinen, schrillen Jauchzer über die mondbeglänzten Wipfel flattern.

Heute begegnete mir etwas Eigenes, eine Kleinigkeit, die mir doch einen nicht unwichtigen Zug zu dem Bilde von Claudias Leben lieferte.

Claudia war mir heute nicht recht nah. Sie schwieg viel; wenn sie sprach, klang es leicht gereizt, wobei der herbe Unterton ihrer Stimme besonders deutlich herausklang. Ihr Mund hatte heute eine herrlich bittertragische Linie. Spall bemühte sich, sehr glänzend und ausgelassen zu sein. Daahlen lachte viel über ihn, aber Claudia schien das zu ärgern. Spall hat auch so eine verwandtschaftlich aufdringliche Art, mit ihr zu verkehren – als gehörten sie zusammen. Ungeschickter kann man nicht sein. Ich fand wenig Gelegenheit, mit Claudia zu sprechen. Wir unterhielten uns eine Weile über das Gewitter und über Pferde. Ich war sehr reserviert und formell – was richtig war. Dennoch wollte ich ihr einige Worte sagen, leise und erregt und bedeutsam, Worte, die sie empfinden mußte, als drückte ich flüchtig ihre Hand und sagte – »Ich weiß – wie – wir – beide leiden« – – aber mir fiel das Rechte nicht ein, Daahlen war heute besonders in Erzählerlaune und nahm mich ganz in Beschlag. Er schilderte mir einen schwierigen und langwierigen Weg, den er irgendwo in Afrika gemacht haben wollte. Schließlich zwang er mich, mit ihm in sein Arbeitszimmer zu gehen, um diesen uninteressanten Weg auf der großen Karte, die dort an der Wand hing, zu verfolgen.

Als wir wieder auf die Veranda heraustraten, waren Spall und Claudia fort. Sie mochten wohl in den Garten hinuntergegangen sein.

Daahlen erzählte weiter, aber es schien mir, als verwirrte sich der Weg, als kämen wir nicht recht vorwärts. Zuweilen hielt er inne, spähte in den Garten hinab, über dem jetzt sehr hell ein großes Stück Mond hing, und murmelte: »Sind sie das?« »Nein« – sagte ich – »das Weiße, das ist das Tuberosenbeet.« – »So – so«, meinte er – – »hm – macht nichts – *allons – allons*!«

Im Mondlicht sah ich deutlich, daß sein braunes, scharfes Gesicht mit dem mausgrauen Bart sich wunderlich verzog – wie bei einem stechenden Schmerz.

»Na ja, also«, fuhr er fort – »wir waren also fünf Kilometer von dem Dorfe Biri-biri.« – Er war aber nicht bei der Erzählung, sondern sah beständig in den Garten hinaus, und ich hörte nicht zu, sondern sah auch in den Garten hinab, und wir warteten beide gespannt.

– – »Da sind sie!« entfuhr es mir plötzlich.

»Wo – wo?« fragte Daahlen. »Ja – ich seh' – na also.«

Claudia und Spall traten jetzt aus dem dunklen Laubgang auf die hellbeschienene Terrasse hinaus.

Er ist eifersüchtig, der Arme – dachte ich – ja, es wird vielleicht der Augenblick kommen, da wir ihn nicht schonen können. Das Leben ist grausam. Aber mir war es auch lieb, daß die beiden wieder zur Veranda hinanstiegen. »Also – so kommen wir glücklich nach Biribiri«, berichtete Daahlen erleichtert und setzte sich knarrend in den Korbstuhl.

Claudia und Spall kamen auf die Veranda. Claudia ging, als sei sie müde. Daahlen erzählte weiter, als sähe er sie nicht.

Am anderen Ende der Veranda standen zwei Stühle. Spall schlenderte darauf zu, warf sich in den einen und rückte den anderen für Claudia zurecht. Claudia machte auch einige zögernde Schritte zu ihm hin – dann wandte sie sich schnell ab – ja, ich weiß es – mit Widerwillen, mit Angst, ich sah das deutlich in den Umrissen der zarten, leicht in den Falten des Musselinkleides schwankenden Gestalt. Entschlossen kam sie zu mir herüber und setzte sich auf den Sessel, der neben mir stand – schutzsuchend – – zu mir gehörig. Seit meinen Knabenjahren hatte ich nicht mehr dieses starke Freudengefühl empfunden, das uns von Kopf bis Fuß mit einer süßen Wärme erfüllt. Nun kam eine köstliche Stunde – Claudias Hand lag auf der Armlehne ihres Sessels, meine auf der Lehne des meinen. Unsere Hände waren einander nah – sie sehnten sich nacheinander, sie fühlten einander. Hätte ich wirklich Claudias Hand ergriffen, so wäre das trivial gewesen. So etwas tut Spall vielleicht. Aber so war es gut. Die Ahornwipfel standen still und schwarz im Mondlichte. Daahlens Stimme erzählte jetzt ruhig knarrend, sprach die barbarischen Negernamen tönend in die nächtliche Stille hinein.

12. August. Sonntag nacht

Zu Daahlens wollte ich heute nicht gehen. Besuche am Sonntage sind nicht stilvoll. Aber ich ging um zwei Uhr schon aus. Der Tag war sehr hell – blitzblank, wie in Sonntagskleidern. In den Straßen roch es nach den Sonntagsbraten, die durch die geöffneten Fenster herausdampften. Die große Allee war noch einsam. Hier und da ein geputztes Dienstmädchen, das Gesicht rot vom starken Waschen, das auf seinen Sonntagskameraden wartete. Ich bog zur Daahlenschen Villa ein. Ich wollte beobachten, wie der Anblick dieses Hauses, das in Mondschein und Dämmerung mir zu einem erregenden Traumbilde geworden war, in der Wirklichkeit des gelben Mittagslichtes auf mich wirke. Das schien eine nötige Ergänzung. Das Haus mit seinen niedergelassenen Jalousien stand da sehr still, wie schlafend im Sonnenschein. Nur an der einen Schmalseite, dort, wo die Küchenräume liegen, war ein Stuhl in einen schmalen Schattenstreifen hinausgestellt. Dort saß eine Frau in blauem weißgetüpfelten Kleide – ein großes, bleiches Gesicht mit mehreren Kinnen unter einer weißen Haube, runde, schwarzgefaßte Brillengläser. Das war wohl Julchen. Sie hielt ein Buch und sang mit näselnder Stimme einen Choral. Das hatte so den zitternden, schläfrigen Takt, nach dem die Kohlweißlinge das große, bunte Beet vor der Freitreppe umflatterten. Ich ging um das Haus herum, außen am Gartengitter hin. Ich wollte die Terrasse im Tageslicht sehen. Da war sie. Da war auch Claudia.

Sie trug ein weißes Batistkleid und einen großen weißen Batisthut und ging die Lavendelstreifen entlang, die den Weg einfassen, um mit einer Gartenschere Lavendel abzuschneiden. Als sie bis nah an das Gitter kam und sich aufrichtete, erblickte sie mich. Ich grüßte. Sie lächelte ein wenig und nickte. Als sie so dastand, das Gesicht blaßrosa unter dem grellen Gekräusel des Haares, gefiel sie mir so stark, daß es mir die Kehle zuschnürte. Seit meinen Knabenjahren war mir das nicht mehr begegnet, daß ich so stark empfand, daß ich fast weinen wollte. Claudia fühlte das – sie mußte das fühlen – sie hielt still – in der Hand den großen Lavendelstrauß, die Augen weit offen, schaute sie mich an, als wollte sie sagen: Du siehst, so ergeht es uns beiden. »Ach, Herr von Brühlen«, versetzte sie dann, »guten Morgen! Wollen Sie nicht ein wenig hereinkommen und meine Lavendel riechen? Da im Gitter ist die kleine Tür.« – Ich trat zu ihr in den Garten. Sie streckte mir den sommerwarmen Lavendelbusch entgegen.

»Ich schneide ihn gern«, sagte sie, »und lege ihn zu der Wäsche. Das riecht so gut altmodisch.«

»Ja, meine Mutter hatte die Schränke auch voll davon«, meinte ich. Ich war befangen. Meine Stimme klang ein wenig atemlos, das Herz schlug mir heftig.

»Sie gehen schon so frühzeitig spazieren?« fragte Claudia.

»– Ja – ich – ich wollte den Garten und – und vielleicht Sie, Baronin, um die Zeit sehen. – Bisher ist mir das so – so visionär, Dämmerung – und Mondschein – ich glaubte –«

»Und nun?« fragte Claudia neugierig.

»– Nun? – Ja – das Visionäre bleibt – nur – die Vision hat andere Farben – jetzt eine Vision in Weiß, Rotgold und Lavendelblau –«

Claudia hatte sich auf einen umgestürzten Schiebkarren gesetzt, der auf dem Wege lag, und schaute aufmerksam zu mir auf. »Das ist gut«, meinte sie. »Wir dürfen Visionen nicht – wie man sagt – materialisieren – sagt man nicht so? – Visionen sind doch unverantwortlich.« – »Wie?« – Claudia schaute nachdenklich auf ihren Strauß nieder: »Ich träume gern, das ist so angenehm. Man liegt und ist an dem, was man erlebt, nicht schuld – tut nichts dazu. – Es nimmt und trägt einen mit sich fort.«

»Das tut das Leben ohnehin – ob wir wollen oder nicht«, bemerkte ich ziemlich erregt.

Claudia schaute auf, ein wenig verwundert.

»Ja – nicht wahr?« sagte sie. Dann entstand eine Pause. In meiner Unterhaltung mit Claudia kommen diese Pausen häufig. Ich glaube, es sind die Augenblicke, in denen unser Gefühl besonders stark zusammenklingt.

»Sie haben schon gearbeitet, Baronin?« begann ich formell. Das schien mir wichtig. »Mit meinem Mann – das Manuskript – ja«, erwiderte Claudia obenhin.

»Das war wohl interessant?«

»Gott!« sagte Claudia und zuckte leicht mit den Schultern, sie schob die Unterlippe vor. Diese Bewegung hatte so sehr etwas von einem trotzigen kleinen Mädchen, daß ich an die fünf Komteßchen in dem großen Garten denken mußte, die stets an allem Unheil schuld waren.

»Gott – ich hasse diese Neger mit ihren unmöglichen Namen und ihren dummen Sitten. Aber wissen Sie, was ich noch mehr hasse?«

– »Nein!« –

»Die Kilometer. – Immer – und überall sind sie da. Man denkt, Afrika – da ist Licht und große Blumen und Farben. Nein – es ist nur ganz voll von diesen langweiligen Kilometern.«

»Ja, die lassen sich nicht gut vermeiden«, bemerkte ich ziemlich geistlos. Aber so war es vielleicht richtig in diesem Moment, da sie gegen ihren Mann sprach.

»Wieso«, sagte Claudia wegwerfend – »ich geh' – aber ich geh' nicht Kilometer.«

Wieder stockte die Unterhaltung. Ich hätte jetzt kameradschaftlich scherzen müssen. Aber ich war zu erregt.

»Sehen wir Sie heute abend?« fragte Claudia.

»Ach, heute sonntags«, erwiderte ich zögernd.

»Gott! Unter Freunden«, meinte Claudia.

Dieses »unter Freunden« sollte eine Barriere sein. Ja, wir wollen Barrieren zwischen uns setzen, gefällig gegen unser Gewissen sein, das doch stärker ist.

Eine Glocke erscholl im Hause.

»Oh – Zeit, sich anzukleiden«, rief Claudia erschrokken, wie ein kleines Mädchen, das zu spät zur französischen Stunde kommt. Wir reichten uns flüchtig die Hand, und ich ging nachdenklich meinen Weg zurück.

In der Allee auf der gewohnten Bank saß Toni. Sie trug eine weiße Seidenbluse, einen goldenen Gürtel und zuviel Rosen auf dem Hut. Ihr Gesicht war erhitzt und die Augen gerötet.

»Du hast geweint?« fragte ich.

Sie fuhr mit dem Handrücken über die Augen und machte ein böses Gesicht.

»Ich warte so lange«, sagte sie – »ich dachte, Sie kommen nicht.«

»Ah – das ist's! Na also gehen wir.« Toni erhob sich und nahm meinen Arm, sicher, ein wenig rauh. Sie nahm von mir Besitz, als von ihrem Sonntagsrecht. Sie gefiel mir heute nicht besonders. Schweigend gingen wir die Allee hinab. Auf einer Bank saß ein Mädchen mit einer hellen Bluse und zuviel Blumen auf dem Hut.

»Die weint auch«, sagte ich.

Da wurde Toni beredt: »Nun ja. Die Woche plagt man sich und freut sich auf den Sonntag und zieht sich seine guten Sachen an, und dann kommt er nicht –«

»Ja – ja, das ist unrecht«, sagte ich. Wie verständlich das war. Die Liebe ist hier so klar – eine Einrichtung – ein Recht.

Wir gingen aus der Stadt hinaus über die große Ebene hin. Die Wege waren hier laut von sonntäglichen Spaziergängern. Überall die geputzten Mädchen erhitzt und zufrieden am Arm ihres jungen Mannes. Anfangs verstimmte mich alles, aber dann überkam mich beruhigend das Gefühl, eingereiht zu sein in eine Ordnung, fast in einen Beruf. Wir gingen weit hinaus, dort wo es einsam wird. Die Sonne stach auf das Weideland nieder. Eine Kiesgrube lag dort. Wacholder, Heidekraut, Katzenpfötchen wuchsen an den Wänden. Ein großer Stein lag auf dem Grunde und sonnte sich. Wir stiegen hinab – streckten uns dort aus. Toni nahm ihren Hut ab, streckte ihre Glieder – blinzelte mit den Augen in die Sonne. »Ah! Das ist gut«, stöhnte sie. – Das ganze Behagen der Sonntagsfaulheit kam über sie, strahlte ordentlich von ihr aus. Ich lag auf dem Rücken. Wacholder, Wermut, Schafgarben dufteten so warm, als säßen wir in einer Küche, in der Kräuter gekocht würden. Kleine Schmetterlinge, bronzefarben und stahlblaue Farbenfleckchen, flirrten vorüber. Leise vor sich hin singend, bummelten Hummeln durch die Luft und hingen ihre Samtleiber an die Glocken des Benediktenkrautes.

Toni plauderte vor sich hin von anderen Sonntagen, an anderen Ausflugsorten mit anderen Herren – wie das so schön gewesen wäre.

Ich schloß die Augen. – Ich wollte wieder die Vision in Rotgoldweiß und Lavendelblau haben. – Gott! Aber auch auf mir lag die feiertägliche Trägheit. Das mit der Vision und Claudia und mir – das war so kompliziert, und das faule, rosa Mädchen neben mir war so einfach und selbstverständlich. Mir vergingen die Sinne, ich schlief wohl ein wenig.

Dann hörte ich Toni vor sich hin singen, eintönig und schläfrig. Ich schlug die Augen auf. Auf ihren Ellenbogen gestützt, lag sie da – die Füße hoben und senkten sich taktmäßig.

Zwischen den Lippen hielt sie einen Grashalm und in der Hand einen Wacholderzweig, mit dem sie langsam auf den Boden schlug. – »Rai – la – la – la.«

»Toni«, sagte ich, »hast du – früher einmal – das Vieh gehütet?«

Toni schaute auf.

»Sie haben geschlafen. – Das Vieh? Ja, da unten bei uns habe ich die Schafe gehütet.«

»Dann lagst du so den ganzen, langen Tag.«

»Ja – lang – lang war der Tag.«

»Und wenn du den langen Tag so dalagst, wartetest du da immer auf etwas?«

Toni dachte nach.

»Warten? Ich weiß nicht. Ja, ich wartete, daß die Mutter zum Essen ruft.«

»Ach ja – auf das Essen hast du gewartet – natürlich. Du – komm näher.«

Toni schob sich über das Gras zu mir hin – schmiegte sich an mich.

»Ist's so gut?« fragte sie.

Ja, so war's gut. Ich weiß nicht, wie lange wir dort unten in der Kiesgrube geblieben sind. Die Sonne schien schon schräg über die Ebene. Musikklänge kamen zu uns herüber. Das regte Toni auf.

»Das ist die Musik von Deibler – und das von Bohrer«, sagte sie.

»Du willst wohl dahin?«

»Ja, da müssen wir auch noch hin«, erwiderte sie bestimmt. Nun und dann gingen wir zum Deibler. In dem großen Biergarten unter den staubigen Bäumen saßen die Menschen Kopf an Kopf. Die Luft war schwer von Bierdunst. Erhitzte Kellnerinnen schleppten große Portionen Kalbsbraten und Schweinebraten und Papierservietten heran. An allen Tischen die geputzten Mädchen mit ihren jungen Leuten. Auf den Gesichtern lag es wie Abspannung, in den Augen wie schläfrige Enttäuschung. Die Männer hatten vom Trinken rote Köpfe und waren recht laut. Zwei stritten sich, und das Mädchen weinte. Die Militärkapelle schmetterte einen Marsch. Später kam ein Kornettsolo, Schuberts Ständchen. Die Leute, wieder still, streckten sich vor süßem Gefühl auf den Bänken. Die Mädchen schauten starr vor sich hin und verzogen ein wenig das Gesicht, als wollten sie weinen.

»Nun?« fragte ich Toni.

»Sehr schön!« erwiderte sie. Die Arme unter der Brust gekreuzt, saß sie da, in den Augen auch den schläfrigen, enttäuschten Blick. Die Traurigkeit dieses zu

Ende gehenden Sonntags lag schwer auf uns allen. Dagegen gibt es nur eines – zusammen nach Hause gehen – sich aneinander drücken und vergessen.

»Komm«, sage ich zu Toni.

Wenn das jetzt nicht hier stünde, so wäre es für mich fort, als sei es nicht gewesen. So muß wohl der Sonntag sein für alle die, welche arbeiten. Es bleibt von ihm nichts Erregendes, nur etwas Müdigkeit – einige welke Feldblumen. Die Arbeit kann wieder beginnen, und man kann an den nächsten Sonntag glauben. Auch ich gehe heute wieder daran, an meiner erregenden und rätselvollen Liebeserfahrung zu arbeiten.

13. August nachts

Der Mond steht jetzt rund und hell über dem Daahlenschen Park. Claudia hielt sich heute von mir fern. Einen Augenblick sprachen wir miteinander, gleichgültige Dinge, und ihre Stimme hatte etwas Fremdes – etwas Gläsernes und Lebloses. Ich verstand das. Auch ich bemühte mich, ganz kalte Höflichkeit – gleichsam fern von ihr zu sein. Ich weiß, wir litten beide.

15. August

Heute spielte ich mit Daahlen auf der Veranda Schach. Claudia und Spall sprachen am anderen Ende der Veranda miteinander ziemlich leise, aber ich hörte ihren Stimmen an, daß sie sich stritten.

»Was habt ihr denn?« fragte Daahlen. Da kam Claudia zu uns, setzte sich still neben mich. Spall ging bald. Unter tiefem Schweigen spielten wir die Partie zu Ende, dann wandte ich mich zu Claudia. Sie hatte sich tief in ihren Sessel hineingesetzt, ein wenig in sich zusammengekrümmt. Die Augen weit offen, starrte sie zum Monde auf. Das Gesicht erschien vom Mondlicht bleich, die Augen sehr dunkel. Ich mußte zu ihr sprechen, gleichviel was, nur damit der Ton meiner Stimme sie liebkose.

»Nicht wahr, Baronin, der Vollmond gibt uns einen Rausch – einen kühlen Rausch?«

Daahlen griff das auf.

»Sehr gut. Der Mondschein hat etwas Frappiertes. Hier nicht, in Afrika. Oh! Sie verstehen sich auf Nuancen – Sie sind ein Lebenskünstler.«

»Wie ist das, ein Lebenskünstler?« fragte Claudia, und es klang gereizt, fast feindselig.

»Ein Lebenskünstler, liebes Kind«, dozierte Daahlen, »lebt eben ein Kunstwerk, lebt so, daß andere sich an seinem Leben erbauen können wie an einem Kunstwerk.«

»So«, meinte Claudia und lachte böse und maliziös. »Das muß nicht amüsant sein, so – so druckfertig zu leben. Wenn man ein Kunstwerk macht, dann weiß man, denke ich, auch immer im voraus, was kommen muß.«

Ich hielt es für richtig, bedeutungsvoll einzuschalten: »Das wissen wir doch ohnehin.«

Aber Claudia widersprach eigensinnig.

»Das finde ich nicht.«

»Wir wollen nur nicht daran glauben«, fuhr ich fort,

und auch meine Stimme klang gereizt. Claudia zuckte leicht mit den Schultern. Daahlen begann ganz unmotiviert, wohl um uns zu beschwichtigen, von den Niams-Niams zu erzählen. Dann ging ich. So muß es sein. Wir kämpfen und leiden beide.

16. August

Liebe treibt eines zum anderen, nicht damit wir eines das andere glücklich machen, wie man sagt. Diese Glücksrechnung geht die Liebe nichts an. Vielleicht bereiten wir einander Schmerz. Weiser ist es, nicht zu lieben. Liebe ist alogisch, und wir kämpfen gegen sie an, aber sie ist stärker als unsere Logik, und das ist ihr Zauber.

17. August

Claudia ist still und bleich. Wir haben kein Wort miteinander gesprochen, das – uns etwas anginge. Aber sie sitzt still neben mir, unsere Hände liegen nah beieinander und sehnen sich nacheinander.

18. August

Mir ist zuweilen, als fühlte ich ein tiefes Erbarmen mit Claudia und ihrer Hilflosigkeit. Ich kann ihre Hilflosigkeit an der meinen messen.

21. August

O dieses wunderliche Traumleben, ein Leben unter Ausnahmegesetzen.

Einen seltsamen Abend, ein seltsame Nacht und einen seltsamen Tag habe ich durchlebt. Bei Daahlens saßen wir wie sonst auf der Veranda und tranken kalte Ente. Spall war sehr unterhaltend. Er witzelte ständig und machte den alten Herrn lachen. Claudia lachte auch, ein etwas gezwungenes lustiges Lachen. Sie war unruhig, ging auf der Veranda auf und ab, blieb zuweilen stehen und schaute in den Mond – plötzlich dann ernst – etwas Gespanntes, fast Angstvolles lag in dem Ausdruck ihres bleichen Gesichtes. In der Hand hielt sie ein kleines Batisttaschentuch und drehte das so fest zusammen, als wollte sie es zerreißen. Spall und Daahlen begannen eine Partie Schach. Ich trat zu Claudia. Merkwürdig war es, wie sich ihre Erregung mir mitteilte. Ja, der Nerv in mir gehorchte den Schwingungen des fremden Wesens. Meine Stimme klang unsicher, als ich sagte:

»Wir haben so lange den Weiher nicht gesehen.«

»Ja, gehen wir noch einmal zum Weiher hinunter«, erwiderte Claudia freundlich.

Wir stiegen in den Garten hinab. Anfangs sprachen wir aufs Geratewohl von allerhand, von den Rosen, an denen wir vorübergingen, von den Kröten, die dick und runzelig mitten auf dem hell beschienenen Wege saßen. Eine Weile gingen wir auch schweigend nebeneinander her. Im Dunkeln unter den Bäumen sagte ich:

»Sie sind heute heiterer« – und in Gedanken nahm

ich sie fest an mich, die ganze, kleine, vor Erregung und Qual bebende Gestalt.

»War ich sonst nicht heiter?« fragte Claudia.

»Ja – diese Tage über, glaube ich, waren Sie nicht recht heiter.«

»Ich weiß nicht, ob ich heiter bin«, fuhr Claudia sinnend fort. »Geht es Ihnen zuweilen auch so? Es kommt eine Müdigkeit – so eine unendliche Faulheit, weiter zu leben. Als Schulmädchen hatte ich solch ein Gefühl, wenn ich den französischen Aufsatz bis zum letzten Augenblick aufgeschoben hatte, und nun kam die Faulheit, stillsitzen wollte ich – schlafen – ja tot sein lieber und im Grabe Ruhe haben, lieber als diesen Aufsatz schreiben über *La cruche va à l'eau tant qu'elle se casse.*«

»Aber der Aufsatz wurde doch geschrieben«, warf ich ein.

»Ja, geschrieben wurde er.«

»Solche Stimmungen überkommen uns«, bemerkte ich, und es war wichtig, daß ich das sagte, obgleich ich fühlte, daß meine Stimme dabei nicht den rechten Tonfall hatte: »Solche Stimmungen überkommen uns meist in Augenblicken, in denen wir uns anschicken, mit allen unseren Kräften dem Leben zu dienen.«

»Oh – glauben Sie?«

Wir waren an den Weiher gekommen. Hell beschienen stand die Danaide in dem schwarzen Wasser und streckte ihre händelosen Arme lässig vor sich hin.

»Die hat Ruhe, so sagten Sie doch?« fragte Claudia. »Die Hände sind fort, wir müssen ruhen.«

»Das kommt so über uns«, begann ich wieder. Ich weiß nicht, ich brachte heute alles nur mühsam heraus.

Jetzt mußte ich etwas Schönes sagen, allein es kam gesucht und nicht ganz echt heraus.

»Denken Sie sich einen Rosenstrauch über und über voller Knospen, solche dicken, roten Knospen, die bereit sind, alle zu gleicher Zeit zu springen. Gut! Er steht da in der Mondnacht, schwer von Knospen, mutlos und müde –:

›Ach, das ewige Blühen beginnt wieder. Könnte man doch seine Ruhe haben!‹ Das hindert ihn aber nicht, den nächsten Morgen ganz rot von Rosen zu stehen.«

Claudia sah forschend zu mir auf.

»Das ist hübsch. Sie sind eine Art von Dichter.«

»Ich? Ach Gott, nein!«

Wir waren am Weiher entlanggegangen und stiegen jetzt den schmalen Laubgang hinauf.

»Sie, natürlich«, sagte Claudia, und ich hörte Spott aus ihrer Stimme heraus. »Sie kennen solche Stimmungen, Sie sind ja ein Lebenskünstler.«

Das ärgerte mich.

»Sagen Sie das doch nicht, was bin ich denn für ein Lebenskünstler? Ich warte, wie alle, auf die Hand, die etwas Wertvolles in mein Leben hineinlegt. Wir sind ja doch alle einer auf den andern angewiesen, damit aus unserm Leben etwas wird.«

Claudia lachte:

»Wie hübsch Sie das sagen. Wenn man das so hübsch sagen kann, dann, glaube ich, braucht man es gar nicht mehr zu erleben. Nicht? Aber auf andere warten. Und wenn nun ein Pfuscher kommt?«

Wieder das fremde, kranke Lachen, das grell in die Finsternis hineinklang. Über uns flog eine Krähe rauschend auf. Irgendwo in der Dunkelheit standen Nachtviolen und dufteten schwül.

»Ach bitte, lachen Sie nicht – so«, entfuhr es mir angstvoll. Sie schwieg, blieb stehen, lehnte sich gegen einen Baumstamm. Ich stand vor ihr. Ich verstand nicht und war daher befangen und ratlos. Da hörte ich einen leisen Ton.

»Sie weinen?« fragte ich.

»Oh – es ist nichts«, erwiderte Claudia. »Die Nerven. Das hab' ich zuweilen. Verzeihen Sie nur einen Augenblick.«

Ich wartete. Ich stand da und horchte auf das leise Schluchzen, mir war, als nähme mein Atem auch den langen, stoßweisen Takt des Weinens an. Jetzt, dachte ich, aber ich sagte und tat nichts. Warum? Nun versteh' ich es. Diesem hilflos vor mir schluchzenden Kinde gegenüber durfte ich nichts tun – so nicht. Aber noch ein solcher Augenblick und es geschah, was doch geschehen muß. Ich durchlebte ihn, diesen Augenblick. – Stumm würde ich ihre Hand fassen – eine kühle Hand, die feucht von Tränen ist –, und wir würden zu der Veranda hinaufsteigen und vor den einsamen, alten Mann hintreten und ihm sagen: »Wir können nicht anders« – und in all die Süßigkeit unserer Liebe würde sich die Bitterkeit unserer Grausamkeit und unseres Mitleids mischen.

»So, nun ist es vorüber«, sagte Claudia, »gehen wir.«

Wir gingen weiter.

»Ich danke Ihnen«, fuhr Claudia fort. »So was ist dumm. Wir wollen's den anderen nicht sagen.

Ach nein. Vor einem anderen hätte ich mich so geschämt – aber Sie sind so gut, so – so wie eine Tante.«

»Eine Tante«, fuhr ich auf.

»Ja, so gemütlich, so zuverlässig –«

Ich schwieg. Ich war verletzt. Jetzt verstehe ich das. Sie zürnte mir, weil ich sie geschont hatte. Das mußte so sein.

Als wir auf der Terrasse an den Rosenbeeten vorübergingen, riß Claudia sich eine Rose ab, nur den feuchten, roten Kopf einer Rose und kühlte damit die Augen. Auf der Veranda bei den Kerzen mit den Windgläsern saßen Daahlen und Spall. Spalls laute, heiter erzählende Stimme klang bis zu uns auf die Terrasse hinab. Daahlen lachte. Claudia blieb stehen.

»Wie sie da sitzen«, sagte sie und dann wie aus tiefen Gedanken heraus:

»Wissen Sie, was ist Mitleid? Das ist doch so, wie Menschen, die uns auf der Straße nicht auszuweichen verstehen. Nicht wahr? Fremde Schmerzen, die uns nicht vorüberlassen wollen.«

Ich war freudig überrascht, daß sie denselben Gedanken hatte, der mir dort unter den Bäumen gekommen war!

»Ja«, sagte ich, »wir müssen daran vorüber, wenn unser Weg daran vorüberführt.«

Sie bog den Kopf zurück und schaute zum Monde auf. Wie bleich ihr Gesicht war, ihr herrlicher Mund lächelte ein seltsames, unvergeßliches Lächeln. Den rechten Arm hob sie empor und bewegte wie triumphierend die Hand, in der sie fest die rote Rose zerdrückte.

»O ja, wir müssen vorüber«, sagte sie leise. Dann ging sie schnell die Treppe zur Veranda hinauf.

Die beiden Herren dort waren sehr heiter. Spall erzählte Anekdoten. Claudia stellte sich zu ihnen, wollte mitlachen, lachte ein wenig mühsam, die Augen immer noch seltsam erregt. Spall schaute erstaunt zu ihr auf, erhob sich dann, nahm einen Schal, der auf einem Stuhle lag, legte ihn Claudia um die Schultern und sagte: »Du bist blaß, du frierst.«

Mir mißfiel das. Es sah aus, als sei es sein Recht und seine Pflicht, für sie zu sorgen. Die ganze Lebenslage war mir jetzt zuwider. Ich verabschiedete mich. Da wollte auch Spall gehen und schloß sich mir an. Während wir die Allee hinabschritten, sprach Spall beständig, ich weiß nicht was, ich hörte nicht zu. Eine starke Aufregung arbeitete in mir. Beständig wiederholte ich mir alles, was Claudia gesagt hatte, deutete – legte es aus mit philosophischer Gewissenhaftigkeit. In der Stadt vor dem Hause des Klubs blieb Spall stehen: »Gehen wir hinauf?« fragte er. Ich zögerte. Er war mir ziemlich unangenehm mit seiner krampfhaften Heiterkeit.

»Kommen Sie«, drängte er, »auf eine Stunde. Ich habe diese Nacht noch etwas vor und kann nicht schlafen gehen.«

Renommist! dachte ich – ging aber mit. Ich fürchtete mich, nach Hause zu gehen. Es war mir, als lauere dort ein Umschlag meiner Stimmung auf mich, etwas Quälendes und Trauriges.

Im Klub herrschte sommerliche Leere. Im Spielzimmer saßen einige alte Herren beim Whist. Im Lesezimmer gähnten ein unbeschäftigter junger Arzt und ein unbeschäftigter junger Rechtsanwalt hinter ihren Zeitungen. Wir setzten uns in das Speisezimmer.

»Ich muß Sekt trinken«, sagte Spall. So tranken wir denn Sekt. Spall versank in Gedanken.

Sein hübsches, freches Knabengesicht nahm einen ältlichen, fast kranken Ausdruck an. Mit einem Ruck fuhr er dann auf.

»Sie spielen nicht?« fragte er.

»Nein, ich mache mir nichts draus.«

»Ich spiele gern«, fuhr Spall fort, »Hasard nur, dabei fühlt man sich so angenehm aufrichtig als Automat.«

»Automat?«

»Ja, wir glauben wohl, wir berechnen. Ein Automat hält auch das Uhrwerk, das er im Leibe hat, für Verstand, aber das ist Unsinn, es schnurrt in uns, und wir müssen auf die Neune oder den Buben setzen. Angenehme Unverantwortlichkeit – was?«

Es fiel mir auf, daß Claudia auch das Wort angenehm unverantwortlich gebraucht hatte, und das war mir peinlich.

»Geschmacksache«, warf ich mürrisch hin.

Spall lächelte sein erfahrenes, böses Lächeln. »Das ist auch der Reiz bei den Weiberaffären.« Er sah mich sinnend an über den Rand seines Glases hin. »Wie stehen Sie eigentlich zu den Weibern?« fragte er. Er war mir sehr unsympathisch.

»Gott«, erwiderte ich gereizt, »zu den Weibern steh' ich gar nicht. Das ist so, als fragte man mich, wie ich zu den Tagen stehe. Zu den Tagen steh' ich nicht. Ich kenne nur einen Montag, Dienstag – und jeder Montag ist von dem anderen verschieden, und zu jedem steh' ich anders.«

Spall nickte: »Sie haben recht, aber gemeinsam bei

diesen Weibergeschichten ist das Automatengefühl. Es schnurrt in uns, und wir tun alles um eines Weibes willen, und dann schnurrt es wieder, und es ist aus. Da können wir nichts dazu tun.«

Ich antwortete nicht, all dies mißfiel mir gerade deshalb, weil es mich an ein Gespräch erinnerte, das ich mit Claudia gehabt hatte. Spall erzählte nun ein Erlebnis mit einer Tänzerin. Ich hörte nicht zu. Ich trank recht schnell und hing meinen erregten Gedanken nach. Spall sah nach der Uhr.

»Oh – es ist spät«, rief er, »ich muß fort.« Don-Juan-Pose, dachte ich. So gingen wir denn. Als wir uns trennten, rief ich ihm ironisch ein »Viel Glück« zu.

»Danke, danke«, sagte er.

Ich war froh, allein zu sein. Der Wein gab mir eine angenehme, vertrauensvolle Sicherheit, etwas Triumphierendes. Ich saß in der schweigenden Allee auf der Bank, sah in den Himmel hinein, der weiß vom Mondlicht war, und dachte daran, daß Claudia vor mir geweint hatte, um meinetwillen, und wenn ein Weib vor uns weint, dann ist es hilflos uns gegenüber. Und später dann die kleine Feindseligkeit. Ich mußte lächeln. Nach Hause zu gehen, wagte ich nicht, ich traute der Stille meines Schlafzimmers nicht. Und als ich im aufdämmernden Morgen doch endlich heimging und mich schlafen legte, da kam das, was ich fürchtete … ein kurzer, unruhiger Schlaf, dann ein langes Wachliegen mit bohrenden Gedanken, die alles, was ich erlebt hatte, zerpflückten, farblos, bedeutungslos machten. Es war sehr quälend. Als Kind, da ich das einzige Kind war, war ich gewohnt, still für mich und sehr eifrig zu spielen. Ich verlor mich ganz in die Welt meiner Kinderphantasie. Aber zuweilen mitten im Spiel kam eine Ernüchterung über mich, das quälende Bewußtsein, daß es kein Pferd, sondern ein Stuhl, kein Schiff, sondern ein Sofa sei. Unendliche Mutlosigkeit ergriff mich, und ich weinte. »Was weinst du?« fragte mich meine Mutter. »Ich kann nicht spielen«, sagte ich dann. Daran mußte ich denken, als ich mich ruhelos in meinem Bette hin und her warf. Ich beschloß, nicht aufzustehen. Ich wollte es machen wie die Fledermäuse, in meinem dunklen Winkel bleiben und ärgerlich nach den Spalten schielen, durch die der Tag hereinschaut. Als Josef hereinkam, sagte ich ihm, ich wollte nicht aufstehen. Ich gestattete ihm nicht, die Vorhänge aufzuziehen, ließ Licht anmachen und mir den Tee an das Bett bringen. Ich tat, als sei ich krank, trank den Tee, rauchte eine Zigarette und ließ mich von Josef unterhalten.

»Gestern«, berichtete er, »war ich bei Zierer wegen der Hemden des Herrn Barons. Da war auch der Baron Spall. Er kaufte eine Reisedecke, eine sehr schöne teure Reisedecke.«

»Gott, Josef«, seufzte ich, »bist du langweilig! Deine geselligen Talente nehmen ab. Was geht mich die Reisedecke des Barons Spall an? Erzähle lieber, wie du als Junge da oben bei euch mitgenommen wurdest, wenn dein Vater auf die Güter mähen ging und ihr bei den Pferdehütern schlieft und wie die Pferde dich mit feuchten, kühlen Nasen beschnupperten.«

»Ja, das war so«, begann Josef. Er hatte das schon oft erzählen müssen, wenn ich verstimmt und mutlos war.

Ich hörte ihm zu, ließ dann das Licht auslöschen und

versuchte wieder zu schlafen. Wirklich schlief ich sanft ein und bin sehr erquickt erwacht. Ich habe mit Appetit gegessen, habe dieses geschrieben und gehe zu Daahlens. Ich bin wieder mit Claudia und mir zufrieden, ich bin wieder Claudias und meiner sicher, ich verstehe uns beide, mich erwärmt ein gutes Festtagsgefühl, wie wir es haben, wenn sich etwas Schönes ereignet, das in unserem Leben mitzählt.

Nachts

So soll es hier stehen, deutlich und nüchtern – wie ich das Erlebnis eines anderen sehe – ein Text, bei dem ich mir die Exegese vorbehalte.

Also: es war die Zeit des Sonnenunterganges, als ich zu Daahlens ging. Mir war leicht und sicher zumute. Ich lebte gern. Ich liebte Claudia sehr stark. Ich konnte mich an dem Sonnenuntergang erfreuen, an den großen, kupferfarbenen Wolken, ganz dunkel, wie ein veilchenfarbener Hecht in einem rosafarbenen Wasser. Hübsch. Die Leute, denen ich begegnete, schienen auch fröhlich. Die Herren trugen den Hut in der Hand, die Mädchen lächelten dem roten Lichte zu. In einem Hause wurde Mendelssohn gespielt; die selbstverständliche Süßigkeit, die so ohne weiteres einleuchtete, gefiel mir heute. Ein Paar kam mir entgegen. Es war Toni mit ihrer Pappschachtel, am Arm eines blonden jungen Mannes. Sie nickte mir zu, machte sich von ihrem Begleiter los, um mich zu begrüßen.

»Ach, Herr Magnus, Sie –«

»Ja – Toni – wie geht es?«

»Danke, gut. Ach, hab' ich auf Sie auf der Bank gewartet, und Sie kamen immer nicht. Einmal gingen Sie vorüber und sahen mich gar nicht.«

»– Oh, wirklich«, murmelte ich verlegen.

»Ich war sehr böse. Aber jetzt ist's vorüber –«

»Sie haben einen – andern?« fragte ich zögernd. Sie lächelte selig.

»Ja, einen Ophthalmologen. Ein lieber Mensch.«

»So. Viel Glück.«

»Danke. Gleichfalls, Herr Magnus.« Und sie nahm wieder den Arm ihres Ophthalmologen.

Gut, gut, dachte ich. Die lieben Mädchen.

Als ich über den Vorplatz der Villa ging, sah ich an der Schmalseite des Hauses wieder Julchen sitzen, in ihrem blauen Kleide, die Brille auf der Nase, die Haube ganz rot vom Abendlicht. Sie hatte eine Schüssel auf dem Schoße – eine andere stand neben ihr auf der Erde, und sie schälte, kleine, goldgelbe Birnen. Als ich sie grüßte, nickte sie ernst. An der Haustür mußte ich zweimal schellen, ehe mir geöffnet wurde.

»Die Herrschaft zu Hause?« fragte ich leichthin und wollte eintreten.

»Der Herr Baron ist krank. Der Herr Baron empfängt heute nicht«, sagte der Diener und machte ein feierliches ausdrucksloses Gesicht.

»Krank? Es ist doch nicht schlimm?«

Die Ausdruckslosigkeit des Dienergesichtes nahm etwas Gequältes an.

»Nun denn, ich wünsche gute Besserung.«

War das nicht um die rasierten Lippen wie das Zukken eines säuerlichen Lächelns? Ich blieb auf dem Vorplatz stehen und dachte nach: Da war etwas nicht in Ordnung.

Ich beschloß, Julchen zu fragen.

Als ich vor ihr stand, sah sie mich über die Brillengläser hinweg streng an.

»Ach, Fräulein Julchen, es ist doch nicht schlimm, hoffe ich, mit dem Baron?«

Julchen schälte eifrig an ihrer Birne weiter und zog die Augenbrauen hinauf.

»So was greift an«, meinte sie und begann wieder eifrig ihre Birne zu schälen. »Heute morgen, als er den Brief fand, hatte er einen so starken Anfall, daß wir den Doktor holen wollten, aber er wollte das nicht.«

»Ah, der Brief«, sagte ich, als verstände ich, und wirklich, etwas in mir verstand sofort das, was mir doch unbegreiflich war. »Und wie – wie kam das?« fuhr ich auf das Geratewohl fort.

Julchen warf die geschälte Birne klatschend in die Schüssel, die auf der Erde stand.

»So gegen zwei Uhr muß sie fortgegangen sein. Der Portier von drüben ist in der Nacht von der Kneipe heimgekommen. Da hat er einen Wagen in der Allee stehen sehen. Da wird er wohl auf sie gewartet haben.«

»Er?«

»Ja, der Herr von Spall. Und die Gemüsefrau, als sie zur Stadt gekommen, ist dem Wagen begegnet. Sie werden wohl bis zur nächsten Station gefahren sein.«

»Das werden sie wohl«, sagte ich mechanisch.

Julchen schüttelte traurig den Kopf: »So was! Zu still war es ihr hier, das hab' ich gemerkt. Solche unruhigen Augen. Wenn ich mit ihr unten im Garten spazierenging, dann rannte sie, rannte sie, so daß es schwer war, ihr nachzukommen, und dann blieb sie auf einmal stehen und packte mich an dem Arm, fest, daß es recht weh tat, und sagte: ›Julchen, Sie haben auch tüchtig geliebt.‹

›Ach, Frau Baronin‹, sagte ich, ›was werde ich schon viel geliebt haben.‹

Dann lachte sie und sagte: ›Ja, ja, Julchen. Sie sind ein ausgebrannter Vulkan.‹

›Wie Frau Baronin meinen‹, sagte ich. Was kann unsereins viel sagen! Der Herr von Spall hat mir gleich nicht gefallen. Ach ja. So gut wie bei uns wird sie es anderswo nicht leicht finden. Da hab' ich mit Mühe ihr zu heute Schnabelerbsen besorgt, weil sie die so gern ißt. Nun ist sie fort.«

Julchen seufzte und beugte den Kopf tiefer auf ihre Birnen nieder.

»Wird auch schon ruhiger werden«, murmelte sie. Ich fand nichts Rechtes zu sagen, ich stand, bis ich fühlte, daß ich eine lächerliche Figur machen müßte.

»Ich gehe ein wenig in den Garten«, sagte ich.

Julchen nickte: »Ja, Herr von Brühlen, es ist ja so jetzt keiner drin.«

Langsam ging ich zwischen den Blumenbeeten hin. Ich fühlte anfangs nur sehr großes Erstaunen. Spall und sie – war es möglich? Wie ist das? Ich verstehe nicht. Diese Frau von Daahlen, die mit Herrn von Spall durchgegangen war, schien mir so fremd. Ich ging zum Weiher hinab, hörte den Fröschen zu. Eine tiefe, fette Froschstimme erzählte zuerst etwas allein. Dann fielen die anderen ein, alle zusammen, eifrig und heiser, und aus ihren Reden klang es immer wieder wie »Spall – Spall –« heraus.

Als ich nun dort stand, überkam mich ein schmerzvolles, weiches Gefühl, ein sehr starkes Vermissen. Alles in mir dürstete nach Claudias Gegenwart, nach jenem geheimnisvollen Verstehen, jener Vertraulichkeit meines Körpers und des ihren. Das war doch gewesen. Mein Gott – warum war sie nicht da! Ich stieg den finsteren Laubengang hinan, den ich mit ihr gegangen war. Die Nachtviolen dufteten wieder im Dunkeln.

Ich lehnte mich an den Baum, an dem sie gestanden und geweint hatte. Hier bekam mein Schmerz etwas Pathetisches, das fast wohl tat. Wie deutlich sah ich sie vor mir, ihren Mund sah ich, vor allem ihren wunderschönen Mund, bis der Gedanke, daß ein anderer über diesen Mund herrscht, mich auffahren ließ, wie von einem körperlichen Schmerz getroffen. Und er, der andere, war immer dagewesen, auch wenn mein Begehren sich am heißesten an sie herangedrängt hatte, um ihn hatte sie hier geweint, an ihn gedacht. Und ich, was hatte ich denn hier getan? Eine demütigende Wut schüttelte mich, eine Wut, als dächte ich an einen Schlag, den ich empfangen und versäumt hatte, zurückzugeben. Ich eilte auf die Terrasse, ich wollte fort aus diesem Garten, in dem ich mir selbst zum lächerlichen Gespenst wurde.

Auf der Terrasse begegnete mir ein Diener.

»Der Herr Baron lassen bitten«, sagte er, »ob der Herr Baron nicht einen Augenblick heraufkommen wollen.«

»Ich?«

»Ja, der Herr Baron lassen bitten.«

»Gut, gut, ich komme.«

Ich folgte dem Mann, aber ich dachte dabei: Es ist unmöglich, daß ich da hinaufgehe. Ich ging aber doch. Daahlen begrüßte mich mit einer hastigen, aufgeregten Freundlichkeit.

»Da sind Sie, mein junger Freund. Ich sah Sie da unten herumirren. Danke, daß Sie gekommen sind. Diese Einsamkeit macht einen ja verrückt.«

Er sah angegriffen, älter als sonst aus. Das Gesicht war vergilbtes Pergament, die Augen blank und tiefliegend. »Setzen Sie sich doch«, fuhr er fort, »hier ist eine Zigarre. So, wollen wir gemütlich plaudern.« Er sah mich forschend an. »Oh«, meinte er, »Sie brauchen sich nicht zu beunruhigen, ich werde nicht von meinen Geschichten sprechen. Jeder hat seine Geschichten, nicht wahr? Aber es gibt noch andere Themata – Gott sei Dank.« Er lächelte und legte die Hand auf ein Buch, das aufgeschlagen vor ihm auf dem Tisch lag.

»Da lese ich ein Buch über Afrika, eine Reise von Buonaventura Meyer. Gut. Ich kenne ihn, ein vernünftiger Mensch. Er hat die Gegenden gesehen, die ich gesehen habe, dieselben Neger, dieselben Sitten, nicht wahr? Aber er sieht etwas ganz anderes, als ich gesehen habe. Ich frage mich, lügt der, oder lüge ich? War er betrunken, als er das sah, oder war ich betrunken? Wie erklären Sie das?«

Ich mußte antworten und begann zu sprechen, ohne zu wissen, was ich sagen würde.

»Das kommt wohl daher, daß alles, was wir sehen, wir ganz allein sehen. Es hat sozusagen jeder sein eigenes

Afrika. Es hängt zum Beispiel ein Bild in meinem Zimmer, das ich liebe. Es wird mir gestohlen, oder ich muß es verkaufen. Da ist es dann ein Trost, daß das Bild, welches ich gesehen habe und geliebt habe, nicht gestohlen oder verkauft werden kann, das ist einzig, das – das« – ich verwirrte mich, denn ich sah an Daahlens Gesicht, daß ich taktlos wurde.

»Das ist nicht wissenschaftlich«, sagte Daahlen streng.

» – Nein, wissenschaftlich nicht«, stotterte ich.

»Ja, aber die Wissenschaft.« Daahlen begann begeistert von der Wissenschaft zu sprechen, er wurde warm, inbrünstig, ja fast sinnlich. Es klang wie eine Liebeserklärung des Ehemannes an seine ihm ewig treue Gattin. Da öffnete der Diener die Türen des Speisezimmers und meldete das Abendessen.

Wir aßen Hammelkotelette mit Schnabelerbsen, die für Claudia besorgt waren, und tranken alten Steinwein. Daahlen trank viel und sprach unausgesetzt von sehr fernliegenden Dingen, von Dingen, die alle jenseits des Ozeans lagen. Und er hatte das Bedürfnis, sich selbst zu bewundern: »Ja, mein Lieber, was ich durchgeführt und erlebt habe, dazu gehört eiserner Wille, davon wissen unsere Klubherrchen nichts. Die Sinne schnell wie beim Raubtier, Geistesgegenwart und Energie, ich sage Ihnen, man fühlt die Energie im Blute, wie eine Faust, die uns hält und treibt und schiebt.« Er wuchs immer mehr in seinen eigenen Augen.

Die Fenster zum Garten hin standen offen. Ein Wind hatte sich draußen erhoben. Er trieb die Wolken schnell über den Mond. Licht und Schatten wechselten, als stünde dort oben eine mit dem Erlöschen kämpfende Flamme. Die alten Bäume rauschten, und plötzlich fuhr ein Windstoß in das Zimmer und brachte die Düfte all der Rosen da draußen mit. Daahlen schwieg. Sein Gesicht nahm einen weichen, hilflosen Ausdruck an. Und auch ich dachte: Claudia, Claudia – es war mir, als sei sie durch das Zimmer gegangen. Selbst der Diener neigte das bleiche Gesicht ein wenig auf die Schulter und schaute mit seinen ausdruckslosen Augen wehmütig ins Leere.

»Sie«, sagte Daahlen zum Diener, »sagen Sie Fräulein Julchen, sie soll uns von dem ganz alten Kognak schicken, den in der Ecke, sie weiß, und die großen englischen Gläser gut mit Eis auskühlen. Dieser Kognak«, wandte er sich an mich, »hat noch im Keller Ludwigs XVIII. gelegen, während der Katastrophe mag ein Kellermeister ihn gestohlen haben; ich habe ihn von einem Pariser Bekannten. Ich sage Ihnen, dieser Kognak ist unter den Spirituosen, was das Genie unter den Menschen ist.«

Der Kognak kam. Daahlen beugte sich über sein Glas und atmete den starken Duft ein. »Ah, das wärmt die Seele.« Als der Diener gegangen war, beugte Daahlen sich nach mir vor und schaute mich aus verschleierten Augen an und sagte leise: »Lieber, junger Freund, was werden Sie denken, wenn ich Ihnen sage, ich habe es gewußt, daß so etwas kommen würde.«

»Wie das«, murmelte ich und schaute ihn mit Abneigung an.

Daahlen nickte wehmütig. »Man wird feige mit dem Alter, wo bleibt die schöne Energie? Es muß etwas geschehen, du mußt handeln, sagte ich mir in schlaflosen Nächten, aber sehen Sie, ich setzte mir eine Frist. Diesen Monat noch Ruhe und Gemütlichkeit, dann Strenge, *le mari jaloux* – na, und da habe ich denn diese Gnadenfrist in kleinen Bissen genossen, so wie manche Kinder ihren Kuchen krümchenweise essen, damit er ewig daure. Ich sage Ihnen, wenn sie mir eine Stunde mein Manuskript vorlas, zerhackte ich diese Stunde in so kleine Teilchen, daß sie dreimal so lang erschien. Das lernt man mit dem Alter. Ich denke da an eine Geschichte in Ostafrika. Ich hatte mich dem Leutnant von Marlow angeschlossen, der eine Strafexpedition machte. Nun war da ein junger, schokoladenfarbener Bursche, der sich schwer vergangen hatte – Verrat oder so was. Er sollte erschossen werden, aber nicht an Ort und Stelle, sondern wir mußten noch so an zehn Kilometer marschieren. Nun, nach vier Kilometern beginnt der Bursche die Füße zu schleppen, als könnte er vor Müdigkeit nicht. ›Er soll sich erholen‹, sagt Marlow. ›Hören Sie‹, sage ich zu Marlow, ›der kann doch nicht müde sein, was sind für den vier Kilometer?‹ Was antwortet mir Marlow? ›Für den Burschen sind diese vier Kilometer so gut wie vierzig. Der lebt jetzt nicht so obenhin wie wir, der lebt jede Sekunde durch, und das macht müde.‹ Verstehen Sie das?«

Ich antwortete nicht. Mir war dieser afrikanische Vergleich zuwider. Daahlen stützte den Kopf in die Hand und sann trübe vor sich hin.

»Einen Monat wollte ich in ihr noch die Claudia sehen, die ich kannte, und dann wollte ich mich mit der anderen Claudia auseinandersetzen. Sie hat nicht so lange gewartet.«

Er richtete sich auf, wurde stolz, ganz Tigerjäger. »Und ich hätte gehandelt, mein Lieber, die alte Energie ist nicht ganz fort. Ich kann schrecklich sein, mein Lieber. Alles Ding hat seine Zeit, steht in der Bibel, Steine sammeln und Steine zerstreuen. Oh, ich hätte Steine zerstreut.« Er lachte höhnisch und goß sich den Kognak in die Kehle. Aber dann wurde er gleich wieder gefühlvoll, er legte seine Hand auf die meine und sagte: »Ich war Ihnen auch sympathisch, ich weiß. Nun sitzen wir beide da.« Ich stand auf, ich wollte gehen. Es war mir unerträglich, der Bundesgenosse dieses alten Mannes und seines Schmerzes zu sein.

»Sie gehen schon?« meinte Daahlen, »ich danke Ihnen, mein junger Freund; über die Einsamkeit kommen wir nicht hinweg, da helfen alle Veranstaltungen nichts.«

Ich ging hinaus. Die Nacht war jetzt dunkel und warm. Über mir in den Bäumen der Allee flüsterte ein leichter Regen. Es gibt Augenblicke, in denen uns die Welt sehr unwahrscheinlich vorkommt, in denen wir gleichsam neben uns selbst einhergehen, wie neben einer wunderlichen und unverständlichen Erscheinung. Ich weiß, daß ich in dem Augenblick nicht an Claudia, sondern an Toni dachte. Wenn sie jetzt ein wenig schwer an meinem Arme hinge, meinen Arm leicht gegen ihre Brust drückte und mich mit den friedlich lüsternen nemophilenblauen Augen ansähe, das wäre beruhigend klar und verständlich.

Jetzt sitze ich in meinem Zimmer und habe all das niedergeschrieben. So war es. Aber was ist es, was ich erlebt habe? Mir fällt jetzt der Abend auf der einsamen

Veranda bei Bohrer ein. Die weite, dunkle Ebene, die einsame Stimme, die dort erwachte, und die andere, die ihr antwortete. War es vielleicht nur ein Echo? Sind unsere sogenannten Liebeserfahrungen nicht vielleicht alle nur ein Echo unserer selbst? Ist das vielleicht die Formel dafür? Das wäre dann gut und es ginge mich nichts an, was diese Frau von Daahlen und dieser Herr von Spall miteinander haben. Mein Liebesverhältnis wäre gesichert. Aber, warum tut das so weh? Warum läßt das solch einen häßlichen, demütigenden Schmerz zurück?

Der Morgen graut hinter den Vorhängen. Ich werde Josef wecken und ihm befehlen, daß er die Koffer packe. Ich muß fort. Ich will in ein Fischerdorf an der Ostsee reisen, dort still sitzen, die Füße im warmen Sande, und den Wellen zusehen, wie sie rufen und antworten, miteinander gehen und vergehen. Das wird mir jetzt guttun. Warum? Auch dafür wird sich die Erklärung wohl finden lassen.

Hugo von Hofmannsthal

Die Frau ohne Schatten

Erzählung

Band 14204

Die Frau ohne Schatten – so wird die Tochter des Geisterfürsten Keikobad genannt. Verwandelt in eine Gazelle, wurde sie vom Kaiser der südöstlichen Inseln bei der Jagd verletzt und ist seit einem Jahr seine Frau. Doch auf der Heirat lastet ein Fluch. Wirft die Kaiserin in drei Tagen keinen Schatten, so wird der Kaiser zu Stein und die Kaiserin muß den Geliebten verlassen. Deshalb steigt sie mit ihrer Amme hinab ins Menschenreich, um einer jungen Färbersfrau den Schatten abzukaufen. Mit diesem grandiosen Kunstmärchen von Schuld, Prüfung, Liebe und Erlösung gibt Hofmannsthal seiner Idee von der Verkettung alles Irdischen den sprachmächtigsten Ausdruck.

Fischer Taschenbuch Verlag

fi 242 / 7

Carlos Fuentes

Aura

Novelle

Aus dem mexikanischen Spanisch
von Christa Wegen

Band 13988

›Aura‹ ist eine erotisch phantastische Novelle. Ebenso modern wie einer romantischen Erzähltradition verpflichtet, bannt ihr dunkler magischer Zauber, ihr vampirhafter Sog und Spuk den Leser von der ersten bis zur letzten Zeile. Ihr zentrales Thema ist die sexuelle Begierde. Diese treibt den jungen Historiker Felipe Montero in den Bannkreis zweier Frauen, die in Wirklichkeit ein- und dieselbe Person sind: die zwanzigjährige Aura und die uralte Senora Consuelo. In einem Patrizierhaus aus der Kolonialzeit Mexikos inszeniert Fuentes die Geschichte einer Leidenschaft, in der das weibliche Verlangen die Aporien des Daseins – Jugend und Alter, Tod und Leben – zu überwinden scheint.

Fischer Taschenbuch Verlag

fi 705 / 10

Stefan Zweig

Brennendes Geheimnis

Erzählung

Band 9311

Mit zwölf Jahren lebt Edgar am Rand seiner Kindheit. Er ist mit der Mutter, seiner Gesundheit wegen, auf den Semmering gefahren und glaubt dort unverhofft in einem jungen Baron einen Freund gefunden zu haben – doch er muß sehr schnell erkennen, daß dessen Freundlichkeit nicht ihm, Edgar, sondern der Mutter gilt. Mehr und mehr fühlt er sich zurückgesetzt, mehr und mehr spürt er, wie die Erwachsenen ihn belügen, wenn sie sich auf das konzentrieren, was ihm noch verschlossen bleibt und um so stärker als Geheimnis in ihm brennt. Es wird ihm schmerzlich – aber er muß diesen Weg einschlagen, die Vorstellungswelt des Kindseins allmählich verlassen und in die Fremdheit des Unbekannten hineinschauen, auch wenn er sich für den Augenblick noch mit einem ahnungsvollen Vorgefühl begnügen darf.

Fischer Taschenbuch Verlag

fi 266 / 7

Isaac Bashevis Singer

Die Zerstörung von Kreschew

Erzählung

Aus dem Amerikanischen von
Wolfgang von Einsiedel

Band 10267

Wie die List des Satans über die kleine Stadt Kreschew kommt, wie der Böse das überaus schöne und tugendhafte Rabbitöchterlein Lise erst zu lustvoller Sinnlichkeit, dann zu ketzerischen Gedanken und schließlich zum Ehebruch verführt, wie der Satan zwei Tage lang über Kreschew triumphiert, und wie am Ende die ganze Stadt in Schutt und Asche sinkt: das alles erzählt Isaac B. Singer in dieser spannenden, düster-erotischen Geschichte. Sie beglaubigt aufs faszinierendste Singers eigene Äußerung, in seinen Geschichten sei es vom Betpult zum Bett und zurück gerade nur ein Schritt.

Fischer Taschenbuch Verlag

fi 245 / 7